FUADACH JUVENTUS

An Chéad Chló 1998
© Cló Chaisil 1998

Is aistriúchán é an leabhar so ar *Hanno rapito la Juve* le
Carlo Moriondo, a chéadfhoilsigh Arnoldo Mondadori Editore, Milano,
sa tsraith Oscar Ragazzi Mondadori.

An dearadh: Cló Chaisil

Na léaráidí, an bhileog cheangail tosaigh agus an clúdach:
    Eithne Ní Dhúgáin

An bhileog cheangail ar cúl le buíochas ón
    Dottoressa Rosangela Barone

Arna chlóbhualadh in Éirinn ag Comharchumann Printwell, agus arna fhoilsiú
ag Cló Chaisil, 179 Bóthar Ráth Maoinis Uachtarach, Baile Átha Cliath 6,
Éire (Teil.: 00-353-1-4960586).

ISBN 0 9533635 0 3

Fuadach Juventus

Carlo Moriondo

Scéal Eachtraíochta do Dhéagóirí Fásta

Arna aistriú ón Iodáilis

ag

Dónall Ó Cuill

CLÓ CHAISIL

Baile Átha Cliath

LEIS AN ÚDAR CÉANNA:

Loinneog Fómhair
(Filíocht, Coiscéim, 1994)

Triúr Bleachtairí Óga
(Scéal Eachtraíochta do dhaoine óga, Cló Chaisil, 1995)

Bláthanna Fiáine
(Leabhar Eolais, aistriúchán, an Gúm, 1996)

Gabhaim buíochas ó chroí le Róisín
as an gcúnamh flaithiúil a thug sí dom
chun an saothar so a chur i gcrích

Clár

1. An Cleas

Chas Artemio Ibarri isteach i dtaobhshráid de chuid an Avenida Libertad agus d'fhág an Cadillac taobh leis an gcosán. Bhí sé i gceantar galánta ar imeall Asunción agus bhí an chuma ar na sráideanna an tráth san de ló, agus iad fé sholas na gréine, go rabhadar tréigthe. Ní raibh puinn teasa ann, a mhalairt ar fad, ach thriomaigh Ibarri a éadan le ciarsúir agus thug an gníomh san caoi dó féachaint ina thimpeall go cáiréiseach. Ní raibh éinne ag faire air, ní raibh fiú an gnáth-*fan* ann a thagadh ag rith gan choinne agus píosa páipéir á chroitheadh aige chun go bhfaigheadh sé a shíniú air – rud ab annamh. Bhí sé sásta leis sin. Tar éis an tsaoil, dob é Artemio Ibarri cúl báire an chumainn sacair 'Atletico' agus cúl báire náisiúnta Pharagua chomh maith.

Go breá, má sea: bhí gach rud mar ba mhian leis é bheith. Chuige sin a roghnaigh sé an coinne a bheith ann ar a trí um thráthnóna nuair a bheadh saibhir is daibhir – Asunción go léir i bhfoclaibh eile, idir uasal is íseal – sínte siar ag glacadh *siesta*.

Thug Ibarri stracfhéachaint ar an gcárta a bhí sé tar éis a tharrac as a phóca: Sráid San Antonio a dó dhéag. Bhí an tsráid in aice láimhe mar a bhí curtha ar a shúile dó ag an bhfreastalaí sa chlub. D'fhan sé sa scáil, chaith sé a shúil go réidhchúiseach ar thosach na dtithe, agus ansan go hobann bhí sé aige. Tigh aonair a bhí ann go raibh ceithre fuinneoga breátha air ach amháin go raibh an t-adhmad éirithe buí agus caite agus bhí cuma sórt tréigthe ar an áit tríd is tríd. Taobh leis an slí isteach bhí ainmchlár práis a bhí deacair a léamh ach dhein sé amach é: "Juan Hoffmann - Gníomhaire Iompórtála" a bhí air. B'shin é an t-ainm agus an sloinne céanna a bhí ar an gcárta. Sloinne ait Gearmánach dob ea é, ach ní raibh aon rud neamhghnách ansan: tar éis an tsaoil bhí na Gearmánaigh flúirseach in Asunción. Thángadar ina slóite nuair a chríochnaigh an cogadh, nuair a thit an Naitsíochas as a chéile; bhíodar tar éis socrú síos go maith – chabhraídís lena chéile agus bhíodh cómhoibriú agus cómhthuiscint idir iad agus muintir na háite. Dá bhrí sin daoine tábhachtacha a bhí ina bhformhór, daoine lena bhféadfaí i gcónaí rud éigin fónta a chur i gcrích.

D'fhéach Ibarri timpeall air arís eile, ansan chuaigh isteach. Bhí doras gloine ann agus laistiar de sin oifig bheag. Thiar i dtóin na hoifige bhí bórd agus firín beag laistiar de. D'éirigh seisean ina sheasamh láithreach agus tháinig i dtreo Ibarri agus meangadh gáire air.

"Ibarri, nach ea? Chonac pictiúirí díot ins na nuachtáin. Mar sin fhéin féachann tú éagsúil agus tú gléasta mar fhear. Tá cuma eile ar fad ort."

Chuir Ibarri gramhas air fhéin mar fhreagra air sin: mheas sé go raibh an frása san "gléasta mar fhear" beagáinín maslaitheach. Fé dhó nó fé thrí d'fhiafraigh sé de fhéin cad 'na thaobh go dtáinig sé, cad 'na thaobh gur ghéill sé don chuireadh éiginnte sin a tháinig ar an dteileafón chuige an tráthnóna roimis sin.

"Suigh, le do thoil. Ní ceart duit tú féin a thuirsiú agus tú id' sheasamh." B'fhéidir go raibh iarracht den íoróin sna focail sin; má sea, ní raibh sé le feiscint ar an bhfirín beag. Shuigh sé arís laistiar den bhórd, ach an babhta so bhí a aghaidh fé scáil amhail is dá mbeadh eagla air go mbeifí á thabhairt fé ndeara.

"Toitín?" Sháigh sé paicéad neamhoscailte 'Camel' i dtreo Ibarri. "Nó b'fhéidir gur duine díobh san tú nach ceart dóibh caitheamh ná deoch mheisciúil a ól, chun go mbeifeá i gcónaí, mar a déarfá, i mbarr do mhaitheasa? Dein mar a mheasann tú, bí aige baile anso. Maidir liom féin de, b'fhearr liom ceann des na totóga ríshéimhe seo."

Bhí Ibarri á fhiafraí de fhéin um an dtaca so: "Cad é an

taobh óna dtiocfaidh an liathróid peile, n'fheadar?" Bhí sé de nós aige cheana féin an cheist sin a chur air fhéin, ba é nósmhaireacht a ghairme é. An saol, an saol mór go léir, cluiche peile é go raibh a rialacha féin ag baint leis gan trácht ar a chora coise féin. Níor mhór do bheith ullamh i gcónaí chun an báire a shábháil: uaireanta ón slí a mbíodh an choimhlint i lár páirce á bheartú, d'éiríodh leis a dhéanamh amach cad é an áit óna dtiocfadh an iarracht ar an mbáire. Mar a thárlaíonn in aon chluiche. Ach i láthair na huaire bhí an fear beag a d'iarraidh faid a chur lena chuid moilleadóireachta i lár na páirce d'aon ghnó chun, b'fhéidir, Ibarri a thabhairt chomh fada le teorainn a chuid fiosrachta, nó le teorainn na foighne féin.

"Éist," arsa Ibarri, "thugais cuireadh dhom teacht anso chun cúram tábhachtach a chur fém' bhráid. Féach, táim anso, ach ní mór dom a rá ná féadfad fanúint rófhada. Táid ag feitheamh liom sa chlub. Chaitheas cead speisialta a iarraidh cheana féin chun teacht anso..."

D'fhéach Hoffmann air agus meangadh gáire air, é leathcheilte laistiar des na púireanna iomadúla gaile. "*Huh*, cad é mar dheithineas! Cead speisialta? Cad é sin, muran miste dhom é fhiafraí? Ní raibh fhios agam go bhféachfaí ortsa, an tIbarri cáiliúil, mar shaighdiúir go mbeadh air cead a fháil ón sáirsint dá dteastaíodh uaidh a bheairic a fhágaint."

"Ní saighdiúir mé, ná níl aon tsáirsint sa chumann so 'gainn-ne. Cumann peileadóirí is ea sinn, foireann peile, ar eagla ná raibh fhios agat. Rud eile de, is cumann breá é agus tá foireann thar barr againn."

"Tá's agam, tá's agam, nílim chomh haineolach san. Agus chomh maith leis sin, más fearr liomsa mo chuid ama a chaitheamh, de rogha ar an bpeil, le cailíní áilne, le hamhráin...." Dhírigh sé áird ar na fallaí le mórghluaiseacht den totóig. Ansúd greamaithe bhí grianghrafanna de bhan-aisteoirí, pictiúirí de léirithe taibhseacha, postaeirí le haghaidh ceirníní. "Chonaicís an pláta ar an ndoras, *ja*? Gníomhaire Iompórtála: d'fhéadfaí a fhiafraí cad is ciall leis sin, *ja*? Bhuel, ní iompórtáil gluaisteán ná sú torthaí atá i gceist, ní hea, ach iompórtáil léirithe taibhseacha, rudaí a chuireann caitheamh aimsire ar fáil don phobal. Tugaim na sorcais anso go Paragua chomh maith, nuair a bhraithim go mbíonn gá agam le cúpla pingin. An dtuigeann tú anois?"

Níor thuig Ibarri aon rud ach amháin.....go raibh an mhoilleadóireacht ar siúl fós i lár páirce. "Ní cuid d'aon sorcas mise," ar seisean, agus na lámha móra cnámhacha á gcroitheadh aige, na lámha céanna úd a bhlocáladh na peileanna fíochmhara a thagadh chuige ar luas lasrach. "Is cuid de chumann Atletico mé. Is mé cúl báire Atletico anso in Asunción agus cúl báire náisiúnta Pharagua. Táim ar dhuine des na cúil báire is fearr ar domhan. Amáireach beimíd ag bualadh le foireann 'Juventus', ón Iodáil, do Chorn an Domhain. Ar mhiste leat...?"

Chuir Hoffmann ina thost é le gluaiseacht dá láimh.

"Tá 's agam na rudaí sin go léir go maith. Mura mbeadh, i gcead duit, cad 'na thaobh go n-iarrfainn ort teacht anso? Sa phost so 'gamsa, is é an chéad riail ná bheith ar an eolas i dtaobh na ndaoine a mbímíd ag deighleáil leo agus is tusa go deimhin an má maith againn fé láthair. Is tusa ár bpríomhaisteoir. Leig dom, dá bhrí sin, roinnt sonraí breise, a bhí á gcoimeád siar agam, a chur leis an scéal: mar shampla, go bhfuil do thréimhse mar pheileadóir ag teacht chun deiridh mar go bhfuilir ceithre bliana triochad d'aois; go bhfuilir gafa le bheith ag imirt *poker*; go mbeadh sé fuirist barra-thuisle a bhaint asaibhse peileadóirí mar gheall ar an am saor go léir a bhíonn agaibh agus mar gheall ar an airgead go léir a bhíonn sa timpeall pé áit a mbíonn sibh, agus, go cruinn díreach, ar deireadh thiar, go bhfuil do chuid fiacha pearsanta ina n-abhar buartha agat, agus go bhfuil an Cadillac san agatsa.....go díreach, tá fiú a fhios san agam!

Fuarathas í ar cáirde agus níl a fhios agat conas díol aisti... Is dóigh liom gur leor san."

D'fhan Ibarri agus gan cor as, le fíoch an ionsaithe sin. Ar deireadh thiar bhí an liathróid raidthe i dtreo a chúil siúd, ach ba chosúlaí í le diúracán ná le liathróid agus ba dheacair go deimhin í chasadh thar n-ais. Mheas sé go raibh an t-atmaisféar san oifig bheag chun é mhúchadh agus thriomaigh sé a éadan lena láimh.

"Éist! Má cheapann tú go dtánas-sa anso chun go maslófaí mé...." Chroith Hoffmann an luaithreach dá thotóig go deas réidh amhail is dá mbeadh aiféala air agus ansan tharraing sé go mall tromchúiseach ar an dtotóig.

"Ná bí ar buile chugham, impím ort. 'Ibarri, cúl báire na néaróg iarainn', nach é sin a thugann na *fans* ort, ceart? Díreach é! Éist liom anois agus ná bí ag cur mo chuid ama amú. Tá taithí agatsa ar liathróidí peile a stad, is é mo chúramsa gnó a chur i gcrích. An mór a tabharfar duit má bhuann Atletico amáireach?"

"Níos mó ná mar a cheapfá – daichead."

"Daichead milliún atá i gceist agat, gan dabht?"

"Sin é é: daichead milliún an duine. Dá mbeadh na hirisí sacair léite agat, bheadh a fhios san agat le tamall maith."

"Deirim arís gur i gcúrsaí gnótha atá mo shuim agus nach i gcúrsaí cluichí. Go maith. Muna mbuann Atletico tabharfadsa ochtó duit, a dhá oiread. An bhfuil an méid sin ráite go soiléir agam? Ochtó milliún. Tóg nó fág."

Bhraith Ibarri amhail is dá gcaithfeadh sé cic pionóis a chosc, cic ar a raibh an chraobh ag brath. Ochtó milliún: dóithin chun na híocaíochtaí ar an seana-ghluaisteán a dhíol, chun na billí go léir a bhíodh ag teacht chuige a ghlanadh – 80 milliún!

Níor thuill éinne oiread san riamh in aon chluiche amháin. Fiú Pelé i gcraobhchluiche an domhain i 1970. 80 milliún... Aililliú!

Bhí an firín laistiar den bhórd ag féachaint go géar air: d'fhéach sé níos cosúlaí ná riamh le sionnach i mbun luíocháin. Nó, agus na spéaclaí sin a bhí air, mar a bheadh ceann cait ann as scéal púcaí éigin. Lean sé air ag cogarnaíl, mar a bheadh sé ag baint taitnimh as na figiúirí, "80 milliún..." Ansan ar seisean:

"Tá pointe eile ann áfach. Dubhart leat nár cheart d'Atletico buachaint. Anois táim á rá leat nár cheart dóibh cailliúint ach chomh beag. Má bhuann Juventus amáireach ní bhfaighir pingin rua. 'Bhfuil sé sin soiléir?"

Ní raibh sé soiléir in aon chor. Chroith Ibarri a cheann. "Ní thuigim an scéal so. An dteastaíonn uait go mbuafadh Juventus nó ná teastaíonn? Agus cad is féidir liomsa a dhéanamh? Má bhíd ag tabhairt ruathar fém' chúlsa is deimhin go raghaidh liathróid éigin isteach. Tá daoine acu san a raideann an liathróid mar a bheadh fir bhuile ann, leithéidí Altafini, Anastasi, Causio agus Capello! Daoine a fuair báirí i gcoinnibh na mBraisíleach agus na nÉireannach. D'fhéadfainnse, ar mhaithe leis an argóint cúl a leigint isteach, ach tiomáintear a lán liathróidí eile isteach nach féidir leis an gcúl báire iad a fheiscint fiú.

"Fág san. Ní gá dhuit é thuiscint: nílimíd á iarraidh ort bheith id' Einstein. Díreach abair 'sea' nó 'ní hea' liom. Nó, rud ab fhearr fós, ná habair faic. Táim deimhin de go bhfuil an bóthar ceart roghnaithe agat cheana féin mar a dhéanfadh fear ciallmhar. Bóthar an ochtó milliún, ná fuil an ceart agam?" Chrom Ibarri a cheann, á leigint air go raibh sé ag féachaint ar a lámha.

"Má sea, níor cheart dúinn-ne buachaint ná níor cheart dúinn cailliúint. I ndeireadh na dála, ní bhead ag fealladh go hiomlán ar m'fhoireann. Ach cogar: conas is féidir liom a bheith deimhin de go bhfaighead an t-airgead uaibh ansan?"

Tháinig gramhas ar aghaidh Hoffmann fé mar a beifí tar éis é mhaslú.

"M'fhocal duit maidir leis sin, focal agus oineach *Herr* Hoffmann. Cómhlacht a ghlacann lena chúramaí go dáiríribh atá anso againn. Táimíd i mbun gnótha le breis is daichead bliain, ó 1950 go dtí anois. Bhí gach rud i gcónaí glan, soiléir, macánta, agus is mar sin a bheidh sé an babhta so leis, ceart?"

Chrom sé chun tosaigh agus chuir a lámh bheag fhliuch allasmhar i láimh ábhalmhóir Ibarri. Chroith seisean í gan mórán díograise. Bhí ina mhargadh. Níor cheart d'Atletico buachaint. Ach níor chóir do Juventus buachaint ach chomh beag, n'fheadair éinne cad 'na thaobh. D'éirigh Ibarri de phreib agus braistint na saoirse aige: bhí atmaisféar dúnta plúchta na hoifige bige tar éis tosnú ar dhul sa cheann aige go dearfa.

"Chífimíd a chéile i ndiaidh an chluiche mar sin, má théann gach rud i gceart," arsa Ibarri. "Ach, aire dhuit, tá aithne agamsa ar do leithéidse agus is cuma liom sa riabhach mar gheall ar d'fhocal. An dtuigeann tú cad táim a d'iarraidh a rá? Ní theastaíonn aon phleidhcíocht uaim. Caithfidh an t-ochtó milliún a bheith ann gan aon tseiceanna ach é ina nótaí airgid ar fad. Ná bac leis an ngnáth-amadántaíocht, le sraithuimhreacha na nótaí a bhreacadh síos. Níl de rogha air sin...eadrainn féin, féach cad a thárlóidh..." Agus lena órdóig ollmhóir, dhein sé cómhartha go raibh scórnach duine éigin á gearradh aige.

Amach leis agus phlab an doras.

"Nach drochmhúinte na daoine iad na peileadóirí seo," arsa Hoffmann ina aigne agus é á leigint féin siar sa chathaoir uilleann. D'árdaigh sé an teileafón agus ghlaoigh go práinneach ar uimhir i Nua-Eabhrac. Faid a bhí sé ag feitheamh cheadaigh sé do féin a bheith ag taibhreamh le barr taitnimh. Thaitn an t-airgead i gcónaí leis. Thug an gnó so aige seans do bheith ag plé leis na milliúin, thug sé mothú breá cómhachta do agus siar leis ar an aisling aoibhinn a bhí aige: tigh fén dtuath, feirm agus mórán crann, ana-chuid ainmhithe clóis agus feirme. Aoibhneas na tuaithe!

Ba é freagairt an teileafóin a chuir deireadh lena bhrionglóidí. Nua-Eabhrac a bhí ann; bhí an guth i bhfad uaidh ach d'fhuaimnigh sé chomh soiléir agus dá mbeadh sé sa chéad tseomra eile.

"Hoffmann, an ea? Conas tá againn?"

"Go maith, a Chaptaein. Tá an margadh déanta. Theastaigh roinnt mhaith ónár gcara, áfach, céad milliún. Dubhairt sé gur caoga milliún an táille a gheibeann sé ar chluiche."

Chuala sé an mhallacht idir na fiacla ag an nguth ó Nua-Eabhrac.

"Céad milliún! Saibhreas mór! Mallacht air! Mar sin féin caithfear é thabhairt do."

"Chun na fírinne a innsint, do gheallas do é ar bhonn a raibh órdaithe agat féin, a Chaptaein. Caithfidh Atletico gan buachaint, ach caithfidh Juventus gan buachaint ach chomh beag. Sin é a bhí uait, *ja*? Ach anois ba mhaith liom go míneofá dom conas a déanfar é sin..."

"Fóill ort. Ní gá duit é thuiscint. Níl aon dualgas ort bheith id' Einstein. Beimíd ag caint lena chéile arís."

Cuireadh deireadh leis an gcómhrá go giorraisc mar ba nós go tiarnúil leis an gCaptaen. Ach bhí gach rud go maith. Dáiríribh, bhí sé tar éis glacadh gan cheist leis an gcéad milliún. A céad lúide a hochtó sin a fiche...fiche milliún a bheadh ina phóca ag *Herr* Hoffmann...ana-fhear gnótha ar fad ambaist! An fear céanna, tar éis roinnt útamála lena lámha, thóg sé amach téipthaifeadán beag a bhí curtha ar siúl aige i ngan fhios faid a bhí sé ag caint le hIbarri, agus thosnaigh sé ag éisteacht leis agus meangadh gáire pléisiúrtha ar a aghaidh. Bhí guth an chúil báire ana-shoiléir. Is é a bhí á rá aige: "An dteastaíonn uait go mbuafadh Juventus nó ná teastaíonn...?" agus ansan: "Má sea, níor cheart dúinn-ne buachaint..."

Ana-mhaith go léir: bheadh an téip sin ana-úsáideach dona lán rudaí. Fé láthair, áfach, bhí rud níos tábhachtaí i gceist: an lá dár gcionn bheadh ar Juventus gan buachaint, agus gan cailliúint ach chomh beag. Chiallaigh sé sin go gcaithfeadh an cluiche críochnú ar cómhscór. Bhí Hoffmann ag déanamh a mhachnaimh go doimhin air sin ach níor éirigh leis teacht ar aon mhíniú. Ca bhfios cad a mheasfadh Einstein?

2. An Tairiscint

"Táid ag lorg *El Presidente de la Xuventus* ar an dteileafón cóngarach dúinn san oifig. Tair mar seo, má 'sé do thoil é." Spáinnis a bhí á labhairt aige ach thuig Uachtarán Juventus é.

Baineadh siar as Gianpiero Boniperti nuair a d'árdaigh sé an teileafón. Bhíothas ag glaoch air ó Nua-Eabhrac. Fear go raibh guth údarásach aige, agus chuaigh sé go croí na ceiste láithreach: gnó agus airgead.

"An tUachtarán? Mise Johnny Lopresti, ó Nua-Eabhrac. Gníomhaire mé le haghaidh taispeántaisí móra taibhseacha. Is mé an gníomhaire is tábhachtaí sna Stáit Aontaithe. Éist liom anois. Tá gach eolas agam cheana féin i dtaobh chluiche an lae inniu, léigheas an nuacht san áisínteacht. Bhí sibh ar cómhscór le hAtletico arís, nach fíor? Go maith.

"Sara dtagann daoine eile rómham, seo é an tairiscint duit. Imreofar i Nua-Eabhrac, tabharfar amach a bhfuil d'Iodálaigh i mBrooklyn. Oirfidh sé sin díbh, beidh sibh ag imirt sa bhaile. Beidh teacht isteach ollmhór againn ón ngeata. Tabharfad – éist go cúramach – ocht gcéad milliún díbhse agus ocht gcéad milliún eile d'Atletico. Cad a cheapann sibh? Déarfá 'sea' leis sin, gan amhras; ó, agus maidir le lóistín agus le bia agus a leithéidí, cuirtear an bille go léir chughamsa, chuig Johnny Lopresti.

"Is dóigh leat go bhfuilim as mo mheabhair? Beag an baol. Is anois atáid ag dúiseacht sna Stáit Aontaithe, agus ag tosnú ar an bpeil cheart a imirt agus ar é chur in ionad an chluiche amaidigh sin ar a dtugann siad *baseball*. Tabharfaidh an cluiche seo poiblíocht dom féin, beidh teacht isteach mór agam ón seoladh agus ón dteilifís, beidh an sacar ina chluiche ag an bpobal laistigh de chúpla bliain, dar le Johnny Lopresti, agus déanfad carn airgid...

"An bhfuil gach rud soiléir? Éist anois. Seo í uimhir theileafóin m'oifige; bíonn rúnaí ann ceithre huaire fichead sa ló mar go mbímse ag obair chomh maith ar chósta na Mara Ciúine, i Los Angeles, i San Francisco agus in áiteanna dá sórt. Cuir an méid sin in iúil do mhuintir Atletico. Glaoigh orm chomh luath agus is féidir leat é, a Gianpiero dhíl. Um an dtaca so is cáirde sinn, nach ea?"

******

Sé seachtaine ina dhiaidh san thugadar aghaidh ar Nua-Eabhrac.

Ba ghairid an mhoill orthu dul ón Aerphort go hóstán 'Bonasera', a bhí curtha in áirithe dóibh ag Lopresti. Shocraíodar síos go deas ansan ar dtúis agus thuigeadar go dteastódh an cúpla lá a bhí rompu uathu chun dul i dtaithí na haeráide agus chun iad féin a ullmhú don chluiche mór. Ní fhágann san ná go rabhadar chun taitneamh iomlán a bhaint as iongantaisí Nua-Eabhrac chomh maith, dar ndóigh.

Bheadh an socrú san thar barr dá maireadh sé, ach an dara lá bhuail tinneas goile triúr d'fhoireann Juventus. Cuireadh an milleán ar an mbia, agus d'aontaigh dochtúir na fóirne, an Dochtúir La Neve, leis sin. Ach ansan tháinig dabht air. Tar éis an tsaoil, níorbh é an bia céanna a ith an triúr fear óg an tráthnóna roimis sin. Rud eile mar sin? Rud éigin sa deoch? Rud éigin san uisce? Ach níor ghoill sé ach ar thriúr acu....

Dá mhéid a dhein sé a mhachnamh air is ea is mó a bhí sé ag teacht ar an dtuairim gur cuireadh rud éigin le bia an triúir úd a éirigh breoite. Phléigh sé le Boniperti é. Scanraigh an tuairim sin Boniperti gan dabht. Dá mhéid a phléadar é is ea is mó a bhíodar suite de gur d'aon ghnó a deineadh é. Bhí duine nó daoine éigin a d'iarraidh díobháil a dhéanamh dóibh!

Mar bharr ar an ndonas thosnaigh iriseoirí Nua-Eabhrac á

gcrá is á gciapadh. Ní hé amháin go raibh suim acu sa chluiche ach bhí sé cloiste acu chomh maith go raibh triúr den fhoireann gan a bheith ar fónamh. B'shin scéala mór agus Corn an Domhain sa mheá!

Dar ndóigh, ó thaobh Lopresti de, poiblíocht bhreise dob ea é sin go léir. Bhí seisean ag cur iriseoirí chúchu ar aon chuma ós na nuachtáin, ón raidió is ón dteilifís chun agallaimh a dhéanamh leo agus a dtuairimí a phoibliú. Cuid mhór d'obair an *impresario* é an phoiblíocht!

Tráthnóna an dara lae san ghlaoigh Lopresti ar Bhoniperti ar an nguthán mar a bhí déanta aige roinnt uaireanta roimis sin. Thosnaigh sé ag stealladh cainte uaidh láithreach mar ba ghnách leis agus raid sé leis gan fiú anál a tharrac. Theastaigh uaidh a fháil amach, d'aon iarracht, an raibh aon nuacht ann, an mbeadh Boniperti sásta agallamh a dhéanamh le príomh-thuairisceoir an *New York Times*, an bhféadfaí roinnt imearthóirí a chur fé agallamh chomh maith (ach níor ghá é sin dáiríribh), go raibh díol na dticéadaí ag dul ar aghaidh go hana-mhaith agus go raibh ana-éileamh orthu agus go deimhin go mbeadh an teacht isteach níos mó ná aon rud dár samhlaíodh riamh cheana leis an Yankee Stadium...

Ar deireadh thiar d'éirigh le Boniperti cur isteach ar an sruth cainte agus labhair sé go deas séimh:

"Bheinn ag aontú le formhór a bhfuil ráite agat ach tá fadhb bheag againn anso i láthair na huaire. N'fheadar an bhféadfása gar a dhéanamh dúinn. Is amhlaidh a bhuail babhta tinnis goile dornán des na buachaillí anso agus táim féin agus an Dr. La Neve suite de gur cheart dúinn aistriú go tigh ósta eile." Do stad sé chun leigint do Lopresti an méid sin a mheá. Lean sé air ansan: "Rud eile de, ní dóigh liom go bhfuil na buachaillí ar a socracht i gceart anso in óstán 'Bonasera'. B'fhéidir go bhfuilimíd ró-chóngarach do Mhanhattan, ach tá oiread san ama á chaitheamh acu le haer an tsaoil anso ná féadfainn é cheadú. Caithfimíd an tigh ósta d'athrú. Bheadh cur amach agatsa ar áit oiriúnach den tsórt a bheadh uainn. Tamall amach ón gcathair mar a mbeadh páirceanna glasa... Mar a mbeadh an bia go maith agus scóp chun a bheith ag bualadh báire..." Bhí tost fada ann. "Sea? 'Bhfuilir ann?"

"Táim. Bhain do chuid cainte m'anál díom. Cuirfidh sé na socraithe go léir atá déanta agam tré chéile agus n'fheadar cad é an toradh a bheidh air sin, ach is dócha, ón méid a deirir, ná fuil aon dul as."

"Go maith," arsa Boniperti.

"Mar a thárlaíonn sé," arsa Lopresti, "tá áit ar m'eolas atá tamaillín deas amach ón gcathair ar bhruach an Hudson. Is le hIodálach é chomh maith, fear darb ainm Cannizzaro. Tá tigh ósta ana-bhreá ar fad aige ansúd. Tá cócaire aige ó chathair Napoli a fhéadfaidh bia ceart na hIodáile a chur ar fáil díbh. Agus bíonn na fíonta is fearr ó Chianti aige chomh maith. Cad déarfá leis sin?"

"Bheinn ana-shásta ar fad leis sin, ón méid a deirir. An ndéanfá an socrú san láithreach, má sea, agus bheinn buíoch díot?"

"Déanfad, ach caithfead labhairt le húinéirí an dá thigh ósta i dtosach."

"Thar barr," arsa Boniperti, "agus an bhféachfá chuige, led' thoil, ná beidh aon eolas ag na hiriseoirí i dtaobh cá mbeidh foireann Juventus lonnaithe..."

3. Gafa

Lonnaithe in áit ná raibh coinne acu leis a bhí Juventus. Bhí an fhoireann iomlán ina bpríosúnaigh sa dorchadas, in áit a raibh an t-aer múchta agus an teas marfach, iad fé bhagairt arm, airm nár mhiste in aon chor leis na ropairí a fhuadaigh iad a úsáid dá ndeineadh éinne iarracht ar éaló.

B'é an traenálaí, Vycpalek, an chéad duine a dhúisigh. Ansan beagán ar bheagán, agus gach cnead iongantais, gach olagón, gach mallacht astu, tháinig an chuid eile thar n-ais chun beatha – an t-aon duine déag a bhí ar an gcéad fhoireann, an triúr fear ionaid, an bheirt *masseurs* agus an Dr. La Neve. B'eisean, ar ndóigh, an chéad duine a thuig cad a thárla. B'shiúd arís trína mhearbhall an balaithe cumhra a chuaigh siar isteach ina shróin agus ina scórnaigh cúpla neomat sular thit a gcodladh go sámh orthu ar an mbus beag.

Bhí cliabh an Dochtúra La Neve ana-righin; de réir dealraimh fágadh san ionad céanna iad ar feadh i bhfad agus iad ina suan. Bhí air roinnt iarrachtaí a dhéanamh ar é féin a árdú aniar agus ansan d'éirigh sé go hana-chúramach ar eagla go mbuailfeadh sé a cheann ar an síleáil mar bhí sé chomh dorcha san nár fhéad sé a mheas cad é an aoirde a bhí sa phríosún ina rabhadar caite.

A luaithe is a bhí sé ar a chosa chuir sé a lámha ar a scórnaigh amhail is dá mbeadh sé ag brath múchta arís agus ar seisean:

"An féidir libh mé chlos, a bhuachaillí? Clóraform a bhí ann chomh siúrálta agus gur mise dochtúir Juventus. Chuireadar gach éinne a chodladh mar a bheadh naíonán ann. *Eh?* An gcloiseann sibh mé? Cá bhfuil sibh?"

Bhí na peileadóirí tagaithe chúchu féin ach níorbh fhéidir

leo a thuiscint conas a tháinig dóibh a bheith ansúd. D'fhreagair Vycpalek é: "A Dhochtúir, an bhfuilim im' dhúiseacht dáiríribh? Go dtí anois cheapas go rabhas im' shuan."

Chorraigh Vycpalek é féin, d'éirigh ina sheasamh agus raid mallacht gharbh uaidh. Bhí sé tar éis satailt ar láimh duine éigin sa dorchadas.

"Ná féadfaimís solas a bheith againn ar a laghad," do scread guth.

Bhí daoine le clos anso is ansúd ag útamáil ina bpócaí agus ansan thosnaigh na mallachtaí arís:

"Sciobadar fiú mo bhosca lasán uaim."

"Thógadar an lastóir ormsa, na bastairdí!"

"Agus na mallachtaí seo go léir againn, is sa dorchadas is ceart dúinn a bheith..."

B'shin é Altafini ag caint, gan amhras, fear nár ghéill riamh, dá olcas an cás.

"Deinimís cómhaireamh go bhfeicimíd an mó duine againn atá ann." B'sheo é an captaen, Salvadore, ag caint anois. "Caithfimíd a fháil amach an bhfuilimíd go léir ann nó ar chailleamar éinne ar an mbealach."

Ghlaoigh Vycpalek an rolla. B'ait mar a choimeád sé an gnáth-órd agus é ag glaoch amach ainmneacha na mbuachaillí, fiú iadsan a bhí tar éis iad féin a chur i láthair cheana féin, amhail is dá mbeidís chun seisiún traenála a bheith acu. B'é Zoff, an cúl báire, an chéad duine, ansan Spinosi agus Marchetti, ansan Salvadore, Morini agus Furino. Ina ndiaidh súd na tosaithe, Causio agus Bettega, Anastasi, Capello agus Altafini.

"Sea, táimse anso leis," arsa Bettega, "d'ainneoin gur dheineadar iarracht ar mé mharú le gunnán agus sibhse cheana féin in bhur suan..."

Ansan an triúr fear ionaid, ansan an bheirt *masseurs*. Bhíodar go léir ann: ní raibh ar iarraidh díobh ach an t-uachtarán, Boniperti, ar dócha go raibh sé cheana féin i mbun fiosraithe.

Thug La Neve fé ndeara go sásta go raibh na buachaillí tar éis teacht chúchu féin go maith um an dtaca san: bhí a bhfreagraí ciúin, ní raibh aon rian ann den aithis ná de dheora histéire. D'fhéach sé ar aghaidh fhosfarach a uaireadóra: bhí sé a fiche a chlog ar an nDéardaoin. An fuadach, an t-aistriú ón mbus beag go dtí an príosún dorcha, cuireadh é go léir i gcrích ar shlí ana-mhear: ba léir gur dhaoine iad a bhí ullamh go hiomlán agus go raibh fios a ngnótha acu. Ach cad 'na thaobh gur dheineadar é?

"Cad 'na thaobh gur chuireadar fé ghlas san áit seo sinn? Cad é an rud diablaí é seo a thárla?" Marchetti a bhí ag caint an babhta so, duine díobh san ab óige – bhí sé le clos ar a ghuth ná raibh sé ach ag tosnú ar bhriseadh. "Ná braitheann sibh an teas uafásach anso? Ní bheadsa ábalta é sheasamh i bhfad eile. Cad a theastaíonn uathu a dhéanamh linn?"

"Níl aon dabht ann," arsa La Neve leis féin, "ná go bhfuil gach éinne ag freagairt go maith, ach luath nó mall beidh éigeandáil ann agus is dócha gurb iad na buachaillí a thosnóidh é. Caithfear iad a choimeád ciúin, rud éigin a fháil chun a n-aigne a choimeád gnóthach."

"Cad 'na thaobh go bhfuilimíd anso?" ar seisean ós árd, agus é ag triomú a aghaidhe a bhí báite le hallas. "Mhuise ní deacair é shamhlú. Táid ár gcoimeád inár bpríosúnaigh mar go dteastaíonn uathu suim mhór airgid a ghnóthú mar éiric ar sinn a scaoileadh saor. Is fuadach é cosúil leis na fuadaigh eile go léir ach é bheith beagán níos mó ná na cinn eile...", agus chuir sé iongantas air a ghuth féin a chlos ag rá na bhfocal do-chreidthe sin amhail is dá mba ghnáthrud é.

"Ach cé dhein é? Cé fhéadfadh a leithéid a dhéanamh?" Morini a labhair. Lean sé air: "D'fhéadfadh, mar shampla, gurb iad Atletico a dhein é, i dtreo is ná sroisfimís páirc na himeartha agus go mbeadh an bua acu toisc gur loiceamar, a dó in aghaidh a náid."

"*Bravo*," arsa Anastasi ag cur isteach air, "Ansan gheofaí amach go rabhadar tar éis sinn-ne a chur chun suain agus go rabhadar ár gcoimeád anso. Agus cad a thárlódh do Chorn an Domhain? An mbeidís á mhúirniú sa phríosún?"

"Táimíd ar láimh ag buíon *gangsters*," arsa Spinosi.

"Nó ag an *Mafia…Cosa Nostra*, b'fhéidir…nó ag *Il Padrino* féin," arsa Causio, a raibh ana-chur amach aige ar na scannáin.

"Sin é a shamhlóinnse leis." B'shin é guth ciúin Vycpalek a labhair, blas Phalermo go láidir air. "Táid ár gcoimeád anso mar go dteastaíonn éiric na milliún *dollar* uathu. Seo é an beart is mó dár dheineadar riamh, déarfainnse, agus dá bhrí sin – ó, nílim á rá so chun eagla a chur ar éinne ach toisc gur gá dúinn bheith san áirdeall – is daoine iad, sea, a bheadh sásta aon rud a dhéanamh, fiú meaisínghunna a úsáid, chun an t-airgead a fháil agus éaló leo."

Thug fuaim a nguthanna féin misneach dóibh.

"Is dóigh liomsa," arsa Salvadore, "gur cheart dúinn an príosún a scrúdú."

"Tá an méid seo ar eolas againn cheana féin," a dubhairt an Dr. La Neve, "is é sin gur ghearradar na sreanga leictreachais. Agus an gcloiseann sibh chomh folamh agus a fhuaimníonn mo ghuth? Táimíd in áit atá cuibheasach mór, árd agus folamh. Tá an méid sin deimhin leis. Rud eile de, féach, braithig' na fallaí len bhur lámha – táid déanta as miotal lom."

Chuadar go léir ag cur a lámh anso is ansúd ar na fallaí agus tháinig an chaint chúchu mar seo:

"Is miotal iad ceart go leor.....agus tá easnaíocha ramhra miotail anso....agus scriúanna ollmhóra á gcoimeád le chéile."

Chrom duine éigin síos:

"Tá an t-urlár déanta de mhiotal chomh maith, mura bhfuil dul amú orm. Éist leis an bhfuaim sin!" Bhuail sé bonn a choise air agus mhair an macalla i bhfad. "Rud eile fós...nach ait é!... Tá an t-urlár cuar, éiríonn sé nó go ndeintear falla de...mar a bheadh i mbun báid."

"Cad a cheapann sibh go léir?" Salvadore arís. "Cá bhfuilimíd sáite acu, na maistíní gránna?"

"Is dóigh liomsa go bhfuilimíd in umar na haimléise," arsa Bettega. Níor gháir éinne fé sin mar nár cheapadar go raibh sé greannmhar.

"Is é an smaoineamh a bhí agam féin," arsa Capello agus é á fhreagairt go dáiríribh, "ná go bhfuilimíd curtha síos i mbun umair sadhlais..."

Um an dtaca so, bhíodar go léir nocht go com de bharr an bhrothaill. Bhí a gcuid éadaigh agus a léinteacha istigh i gcúinne amháin acu. Bhí an t-allas ina shruthaibh lena n-aghaidh agus lena gcabhail.

"Sea, umar sadhlais," arsa Capello agus é ag leanúint air. "Chun na fírinne a rá chuala franncach ag rith timpeall ó chianaibh beag..."

"Mallacht orthu! Franncaigh!? Sin é díreach a bhí uainn! Má bheirimse ar cheann acu tabharfad cic pionóis chomh tréan san do go mbascfar i gcoinnibh an fhalla tosaigh é. Sin fiú agus gan fhios agam cad é an fhaid uaim é... " Tháinig an méid sin ó Zoff, a bhí tar éis fanúint ina thost go dtí san.

"D'fhéadfadh na franncaigh a bheith úsáideach dúinn," do fhreagair Morini. "Le linn an chogaidh bhí daoine ann a itheadh iad. Is é an trua é ná fuil fhios againn conas iad a bheiriú!"

"Preit, a dhuine!" arsa La Neve. "Ní dóigh liom gur gá dúinn aon eagla a bheith orainn ina thaobh san. Níl sé i gceist acu leigint dúinn bás a fháil den ocras. I ngach cás fuadaigh, tugtar bia agus deoch dos na príosúnaigh i gcónaí."

"Deoch, sea! Deoch!" d'éiligh Marchetti.

"Thabharfainn iomlán mo thuarastail ar bhuidéal *minerale*. Táim marbh leis an dtart istigh anso."

"Déarfainnse, go deimhin," arsa Vycpalek, "gur cheart dúinn iarracht a dhéanamh ar a fháil amach cad é an mhéid atá san áit seo, agus an bhfuil aon doras ann nó fuinneog nó slí amach. Téanam; raghaimíd timpeall feadh na bhfallaí, ach ná deinimís an iomarca fothraim mar is é is dóichí go bhfuilimíd dár bhfaire ó áit éigin cóngrach. Go deimhin, is ait liom nár chuireadar isteach orainn fós."

Leathadar amach feadh na bhfallaí sa phríosún diamhair úd, sa dorchadas dubh, agus a dtuairimí á gcur ó dhuine go duine acu i gcogar. Bhí Salvadore ag dul chun cinn go mall feadh an fhalla miotail agus níorbh fhada in aon chor go raibh sé in oscailt a mheas sé a bheith ina dhoras mór gan chómhla. Amach leis go cúramach agus é ag braistint an fhalla lena láimh dheis, agus thuig sé go raibh sé i bpasáiste, mar nuair a chuir sé amach a lámh chlé, fuair sé go raibh falla eile ós a chómhair amach. Ar aghaidh leis ar dheis, é ag dul ar aghaidh i leith a chliatháin, agus a dhrom leis an bhfalla agus é ag cómhaireamh na gcéimeanna.....fiche a haon, fiche a dó, fiche a trí...

Pasáiste fada a bhí ann: ní raibh aon rud ann a thabharfadh le fios do go raibh sé ag teacht go dtína dheireadh. Ansan shrois sé cúinne eile agus chas ar dheis. Shín sé amach a ghéag agus a mhéireanna...

Bhraith sé crothadh ag dul tréna cholainn go léir: bhí lámh

eile tar éis greim a bhreith ar chaol a láimhe agus d'fháisc é go láidir. Dubhairt guth go híseal:

"*Go back*, téir thar n-ais nó beidh droch-chríoch ort!"

Chúlaigh Salvadore go mall, chuaigh thar n-ais an tslí chéanna a tháinig sé, chomh fada leis an oscailt isteach i seomra mór an 'phríosúin'. Bhí an chuid eile tar éis teacht le chéile ina ngrúpa arís agus bhíodar á innsint dá chéile conas a éirigh leo, ach níor éirigh leo ciall a bhaint as aon rud. An t-aon rud nua a tháinig chun solais ná an méid a bhí le rá ag Salvadore:

"Tá pasáiste anso amuigh ar dheis nach léir cá dtéann sé agus tá cúinne ann agus duine ar gárda. Ní féidir dul níos faide. A Thiarna! A leithéid de gheit agus a baineadh asam nuair a rug sé orm!"

Thosnaigh an tuairimíocht arís. Umar sadhlais? Seana-lárionad leictreachais ná raibh in úsáid, b'fhéidir? Theip orthu teacht ar réiteach.

Thriaileadar éisteacht sa chiúineas agus a n-aigne go hiomlán air.

"Ní dócha go mbeimís sa bhfásach?" a dubhairt Vycpalek. "Thárlódh sé go dtabharfadh an fhuaim is lú tuairim dúinn den áit ina bhfuilimíd."

Bhí fuaimeanna ag teacht chúchu ón dtaobh amuigh, ach bhíodar i bhfad uathu agus iad míshoiléir. Bhíodar cosúil le dordán. Tráth amháin, mheas duine acu go gcuala sé liú, agus ansan scáirdeitleán, ach b'fhéidir ná raibh ann ach samhlaíocht. Toisc iad bheith scartha amach leo féin, is é is dóichí go raibh an teannas neirbhíseach ag cothú spreabhraídí iontu.

"Um an dtaca so," arsa Salvadore, "tá an fógra aláraim tugtha ag an uachtarán agus beidh siad ár gcuardach i ngach áit. Ca bhfios ná go bhfuil an éiric iarrtha acu cheana féin? Ca bhfios ná go bhfuil Boniperti tar éis an scéal a thabhairt dos na póilíní, nó, mar a deintear ina lán cásanna, gur bhfearr leis gan faic a rá chun gan na ropairí a chur le sceon?"

D'fhilleadar ar an gciúineas, gach éinne agus a mhachnamh gruama féin aige. Dob é Zoff an chéad duine a thug rud éigin fé ndeara. "Féachaig'," ar seisean, "tá beagán solais le feiscint." B'fhíor do. D'fhéadfaí gile ana-éatrom a dhéanamh amach ar cheann des na fallaí, amhail is dá mbeadh sí ag teacht ó réalt i bhfad i gcéin – solas a bhí ag luascadh agus ag dul i neart agus ag éirí níos gile go hana-réidh ar fad.

"Táid ag teacht," arsa Capello i gcogar. "Éistig'."

Bhí coiscéimeanna rialta le clos acu, coiscéimeanna daoine go raibh taithí acu ar a bheith ag máirseáil ina ngrúpa. Bhí fear go raibh tóirse láidir aige ag teacht isteach tríd an oscailt a bhí fachta ag Salvadore. Dhírigh sé an solas ar na peileadóirí agus chlúdaigh siadsan a súile chun ná dallfaí iad tar éis an oiread san ama acu sa dorchadas. Faid a bhí an fear ag caint áfach, bhíodar ag dul i dtaithí an tsolais go dtí go rabhadar ábalta rud éigin a fheiscint.

Bhí *balaclava* ar an bhfear, anuas go dtína ghuaine. Bhí dhá pholl thanaí ann dos na súile agus poll eile dá bhéal. Bhí geansaí riabhach á chaitheamh aige, *jeans* ghorma agus cuaráin. Ní raibh sé ina aonar. Bhí duine eile acu taobh leis agus an chuma chéanna air ach amháin ná raibh tóirse aige: is amhlaidh a bhí meaisínghunna ina láimh aige siúd agus choimeád sé dírithe ar an mbuín príosúnach é. Ach bhí cúram na cainte ar an gcéad fhear; de réir dealraimh bhí a chuid cainte ullamh aige, é sin nó bhí sé tar éis é chur de ghlanmheabhair.

Do labhair sé in Iodáilis bhriste go raibh blas Meiriceánach uirthi. Ar seisean:

"Má bhíonn sibh go maith ní thárlóidh aon rud díbh. Má

bhíonn sibh dána deighleáilfidh mo chompánach libh," agus shín sé méar i dtreo an mheaisínghunna. "Ní féidir dul amach as an áit seo. Fágfaidh sibh é nuair a dhíolann siad an méid atá iarrtha againn, agus ansan amháin. Mura ndíolaid é, ní fhágfaidh sibh an áit seo in aon chor. *O.K.*?" Chrom sé síos taobh leis an oscailt, d'árdaigh ciseán, thug roinnt coiscéimeanna chun tosaigh agus leag é ar an urlár. Tá rud le n-ithe is le n-ól anso. Féachaig' féin chúchu."

Dhein sé cómhartha lena chompánach agus bhogadar leo i ndiaidh a gcúil. Níorbh fhada go raibh an solas go léir imithe agus na coiscéimeanna imithe i léig. Bhí an t-ocht nduine dhéag d'fhoireann Juventus fágtha ina n-aonar arís.

4. Bleachtaire Cáiliúil

San 'Hotel di Cannizzaro' bhíothas ag feitheamh leis an bhfoireann. Ach ní raibh aon rian díobh ann. Bhí Boniperti ar buile.

"Ach conas ná fuilid tar éis teacht? Seachtó ciliméadar de bhóthar atá ann agus mótarbhealach a fhormhór. Ba chóir go mbeidís anso fadó!"

"*Don't worry*," a bhí á rá ag Johnny Lopresti d'ainneoin go raibh giorra anáile air féin. "*Keep cool, my dear* Gianpiero. Gnáthrud éigin atá ag cur moille orthu. Bhris an bus síos, nó polladh roth orthu; nó b'fhéidir gur stad na póilíní iad toisc iad a bheith ag taisteal rómhear."

Bhí Lopresti tar éis bualadh le Boniperti sa tigh ósta chun na socruithe deiridh a dhéanamh leis maidir leis an gcluiche agus le fógraíocht.

"Na póilíní, na póilíní! Maith an fear! Bhí sé de cheart agam cuimhneamh orthu fadó. Glaofad anois orthu."

D'éirigh sé chun dul go dtí an both teileafóin ach tháinig freastalaí roimis: "Tá glaoch gutháin duit sa bhoth san thall," ar seisean.

"Ó, go maith. B'fhéidir go mbeidh scéala anois againn. An ndubhairt sé cé bhí ann?"

"Ní dubhairt," arsan freastalaí, "d'iarr sé Gianpiero Boniperti, Uachtarán Juventus. Sin an méid."

Anonn le Boniperti agus súil aige ar a laghad gur dea-scéala a bheadh ann do. Laistiar de bhí Lopresti ag glanadh an allais dá éadan le ciarsúir mór groí. Ach ní fheaca Boniperti é sin.

"*Pronto*!" ar seisean. "Sea, Boniperti anso."

Labhair guth doimhin fir leis ón gceann eile den líne. I mBéarla a labhair ach go raibh blas láidir eachtrannach ar a ghlór. Ní dubhairt sé ach an méid seo:

"Ní fheicfidh sibh Juventus go deo arís muna n-íocann sibh linn an méid a déarfaimíd libh. Ná habair focal leis na póilíní. Beimíd i dteangmháil leat arís."

Faic eile.

******

Tháinig an dara glaoch teileafóin timpeall a cúig an mhaidin dár gcionn. Bhí Boniperti tar éis an oíche a chaitheamh gan codladh in aice leis an mboth teileafóin, agus dá chómhartha san bhí ciorcail timpeall ar a shúile agus dhá chlais dhoimhne mar fhráma timpeall ar a bhéal. Dar ndóigh, bhí sé tar éis glaoch teileafóin a chur go Torino na hIodáile an tráthnóna roimis sin, chun a rá leo mar gheall ar fhuadach na fóirne, agus chun órdaithe dearfa d'fháil, rud a fuair.

"Tabharfar tús áite do bheatha ár bhfear. Triailfimíd roinnt moilleadóireachta chun am a thabhairt dos na póilíní a ladar a chur sa scéal, ach san go hana-chúramach, de réir an cháis. Ansan, más gá é, díolfaimíd gach uile phingin a bheidh uathu."

"Go dtí cad é an méid?" a d'fhiafraigh Boniperti.

"Is cuma cad é an méid, ní gá duitse ach fhios a bheith agat go n-íocfaimíd é más gá é."

Sea, thuig na hIodálaigh go gcaithfí luach na beatha daonna a chur chun tosaigh ar an *dollar*, an *lira*, an *mark*, an púnt, ar gach saghas airgid, ar a bhfuil d'ór ar domhan. Bhí fhios san ag na ropairí a fhuadaigh Juventus chomh maith, ar ndóin, agus is air sin a bhíodar ag bhrath.

Mar a dúradh leis a dhéanamh, chuir Boniperti an scéal in

iúil dos na póilíní láithreach ar an dteileafón, agus d'fhéach sé chuige gur labhair sé go díreach leis an gceannaire. Leig seisean mallacht as, ach gheall sé gach cúnamh. Ansan thosnaíodar ag obair. Leathuair a chloig ina dhiaidh san, tháinig grúpa beag bleachtairí go dtí tigh ósta 'Cannizzaro', agus i gceannas orthu bhí an cigire ab fhearr go raibh teacht air ag an am san i measc phóilíní Mheirice. Nuair a chonaic Boniperti é, do bhíog a chroí le háthas, agus ghluais sé chun tosaigh chun lámh do chroitheadh leis mar d'aithin sé láithreach é.

"Mura bhfuil dul amú orm, is tusa Tadhg Ó Treasaigh, nach tú?"

"Is mé, agus is tusa Uachtarán Juventus. Conas a aithnís mé?" Bhí roinnt mórtais i nguth an bhleachtaire. Bhaineadh sé taitneamh as an gcáil a bhí air.

"Tá ana-cháil ar Thadhg Ó Treasaigh san Eoraip chomh maith," arsa Boniperti. "Bíonn sé le feiscint fiú ins na greannáin. Ní fhéadfaí gan a aghaidh a aithint, an tsrón leathan, an giall teann, an gáire mór groí ar a aghaidh. Tá's agam nár theip ar Thadhg Ó Treasaigh riamh. Tá ana-áthas orm gur tusa atá ag plé leis an gcás scanraitheach so."

"Bíonn na cásanna go léir scanraitheach mar atá sé seo," arsa Ó Treasaigh. "Bíonn rud éigin i gcomóntacht acu go léir agus bíonn rud éigin éagsúil iontu, chomh maith, ach caitear aghaidh a thabhairt orthu sa tslí chéanna, leis an réasún. Agus anois, innis dom go díreach cad a thárla."

Bhí Boniperti á fhiafraí de fhéin conas a fhéadfadh an fear so a bheith chomh fuarchúiseach san i láthair cáis mar seo, mar dá mbeadh an scéal ar eolas, agus b'ait an rud é ná raibh sé ag na nuachtáin fós, do cuirfí i leith phóilíní Mheirice ná raibh aon mhaith iontu. Pé scéal é, d'aithris sé d'Ó Treasaigh gach rud a thárla.

Thosnaigh sé leis an gcluiche in Asunción, ansan d'innis sé do i dtaobh Lopresti, i dtaobh an dá thigh ósta, i dtaobh an bhus agus i dtaobh an dá ghlaoch gutháin ós na fuadaitheoirí – an ceann a tháinig agus an ceann ná táinig fós. Bhí Ó Treasaigh ag éisteacht leis agus é sínte sa chathaoir uilleann agus na súile dúnta aige, mar a bheadh sé ag machnamh go doimhin, agus chuireadh sé ceist, ach san go hannamh, nuair a bhíodh tuilleadh eolais uaidh. Bhí sé ina mheánoíche agus gach rud curtha de ghlan mheabhair aige, mar a bheadh ríomhaire beo ann, nuair a thosnaigh sé ag obair.

Labhair Ó Treasaigh le Cannizzaro, agus leag sé de dhual-gas air gan glacadh le haon chuairteoir nua agus gan focal a rá le héinne i dtaobh ar thárla. Ghlaoigh sé ar lárionad na bpóilíní, agus thug sé cur·síos gairid don chigire ar ar thárla. Ghlaoigh sé ar an ndíorma póilíní a bhí ag ciorclú na háite amuigh ar an sráid, agus d'órdaigh sé dóibh ionaid seiceála a chur i bhfearas ar na mótarbhealaí. D'éiligh sé go scrúdófaí láithreach bonn, gach uile chómhlacht a bhí ag leigint busanna ar cíos; ansan, d'órdaigh sé dos na póilíní a bhí féna chúram an fearas a chur i bhfeidhm chun teacht roim aon ghlaoch teileafóin a thiocfadh go dtí an tigh ósta. Nuair a bhí an sruth mór órduithe sin curtha de aige, d'iarr sé seomra chun codlata; níor bhain sé de a chuid éadaigh, ba leor leis síneadh siar ar an leabaidh, agus láithreach bonn, bhí sé ina chodladh go sámh.

Roimis sin bhí sé tar éis a chómhairliú do Bhoniperti:

"Dein mar atá á dhéanamh agamsa. Ní haon chabhair é fanúint id' dhúiseacht, ní mór dúinn an fuinneamh a shábháil. Agus ar aon chuma níl aon rud le déanamh ach fanúint go dtagann an dara glaoch teileafóin ós na ropairí."

Ach maidir le Boniperti, agus é sa chathaoir uilleann in aice leis an dteileafón, níor éirigh leis aon chodladh a fháil ar feadh na hoíche. Chonaic sé an lá ag gealadh, agus a thúisce a chuala sé an teileafón ag bualadh, ar a cúig a chlog an mhaidin Aoine úd, siúd leis ina rás go dtí an both.

B'é an guth doimhin céanna a labhair:

"Tá Juventus ar láimh againn i gcónaí. Má theastaíonn siad uaibh caithfidh sibh an méid seo a sholáthar dúinn," agus stad a ghuth ar feadh neomait, chun béim a chur ar an suim airgid: "Éist leis seo," ar seisean, "caithfidh sibh 100 milliún *dollar* a chur ar fáil dúinn. Déarfad arís é, 100 milliún *dollar*. Déanfaimíd glaoch gutháin eile ar a 17 a chlog inniu, chun teacht ar réiteach libh. 'Sé sábháilteacht an té a bheidh ag glacadh an airgid a bheidh i gceist agus faic eile."

Céad milliún *dollar*, b'ionann é sin agus 70,000,000,000 *lira*. B'é sin go mór agus go fada an tsuim ba mhó dár iarradh riamh mar éiric i gcás fuadaigh, ach sa chás so ní rabhthas ag plé le haon duine amháin, bhíothas ag plé le foireann agus abairse foireann! Cad eile lena mbeitheá ag súil, go deimhin, ag féachaint air ó thaobh na ropairí de. Bhí an tsuim airgid ábhalmhór ach bhí an fionntar agus an chontúirt chomh hábhalmhór céanna.

"Tá gach rud normálta dar liom," arsa Ó Treasaigh, "do chuala an cómhrá ar an dteileafón eile atá curtha isteach im' sheomra féin, agus tá sé curtha ar téip chomh maith, rud a bheidh úsáideach dúinn. 100 milliún *dollar* ambaist, is mór an tsuim airgid é sin. Is mór an trua, is mór an trua go deimhin, na ropairí bochta, mar ní éireoidh leo a lámh a leagadh air choíche."

Bhí Ó Treasaigh chomh deimhnitheach san den scéal go dtáinig léas solais tríd an ngruaim go léir a bhí ar Bhoniperti. Lean Ó Treasaigh air láithreach bonn: "Ná suífeá anso sa chathaoir uilleann. Órdaigh caifé do bheirt, agus éist liomsa go cúramach. Tá scéala eile agam. Níor éirigh linn a fháil amach cé hiad an cómhlacht a thug amach an bus ar ar tugadh an fhoireann chun siúil, ach fuaireamar eolas tábhachtach: tá's againn gan aon amhras gur threasnaíodar Tappan Zee Bridge, agus gur leanadar orthu ansan ar an mótarbhealach tré ghabhal Nanuet, agus ansan gur thárla rud ná raibh coinne leis: in ionad dul díreach ar aghaidh i dtreo Highland Mills, d'fhágadar an mótarbhealach agus chasadar ar clé amhail is dá mbeidís ag déanamh ar Nua-Eabhrac arís, agus ansan sa chuid sin den mhótarbhealach, d'imigh an bus as radharc."

Phreab Boniperti aniar sa chathaoir uilleann: "As radharc! Ach conas? Ní fhéadfadh bus imeacht as radharc mar bheadh sop le gaoith!"

Lean Ó Treasaigh air:

"I láthair na huaire, ní féidir linn a shamhlú cad é an rud a thárla, ach beidh fhios againn níos déanaí. Ná bíodh aon dabht ort, ach go háirithe, ná go raibh an tseiceáil ana-ghéar agus nár fágadh éinní in amhras. An bus beag so, go raibh stríocaí dearga agus gorma uirthi, cuireadh ar taifead í ar an ríomhaire ar dhroichead Tappan Zee, agus arís ansan ag an mboth iontrála do Nanuet sarar chas sí i dtreo Nua-Eabhrac. Tá an tuairisc ana-chruinn: chuaigh na feithiclí thar Checkpoint Nanuet san órd so leanas: leoraí míleata, veain iompair, Cadillac, Cadillac eile, Volkswagen, an bus beag ina raibh foireann Juventus, leoraí, Volkswagen eile. Anois, éist leis seo, b'é an chéad *checkpoint* a shroiseadar ar an mbóthar eile ná Ridgewood: ní dheaghaigh an bus beag amach ansan. Táimíd deimhin de gur lean sí léi ar an mótarbhealach."

Léigh Ó Treasaigh a thuilleadh tuairiscí as a leabhar nótaí. "Tá's againn gur ghaibh na feithiclí tré Ridgewood ins an órd so leanas: an dá Chadillac, ansan Lotus a bhí tar éis teacht isteach sa scuaine idir an dá linn, veain, bus Juventus. Ní raibh ach an dá Volkswagen tar éis an mótarbhealach a fhágaint. B'é an dara *checkpoint* ansan, ná an ceann do Clifton. B'é an scéal céanna anso é: ní dheaghaidh an bus amach. Is mar seo a bhí. An Lotus chun tosaigh, agus an dá Chadillac ina diaidh aniar, ceann beagáinín laistiar den cheann eile, ansan Ford a bhí tar éis teacht suas leo, agus ansan tháinig dhá ghluaisteán eile nó trí, ansan veain, agus ina diaidh siúd bus Juventus. Níor fhág aon cheann acu an bóthar mór, ach éist leis seo!

"Táimíd ag an dtríú *checkpoint* anois, an ceann deireanach," arsa Ó Treasaigh agus é ag leanúint leis, "Checkpoint Elizabeth, is ansúd a thagann an mótarbhealach chun deiridh, agus ní dheaghaidh an bus beag tríd in aon chor. Chuaigh gach uile cheann des na feithiclí, a bhí ar taifead go dtí san, thar bráid: an Lotus, an dá Chadillac, an Ford, an veain, agus scata mótar eile, ach ní raibh bus beag fhoireann Juventus ann agus san d'ainneoin," ar seisean go lándeimhnitheach, "go ndeaghaigh sí tríd an mboth seiceála roimis sin gan aon amhras."

Bhí Boniperti ag éisteacht agus a bhéal ar leathadh, amhail is dá mbeadh sé ag féachaint ar chluiche dochreidthe de shaghas éigin.

"Cuibheasach ait, nach fíor?" a bhí á mhaíomh ag Ó Treasaigh go díograiseach! "Bhí ár ríomhairí ag obair go cruinn is go ceart i rith an ama, tráthnóna inné agus aréir, agus táid fós féinig ag obair leo i gceart gan aon bhriseadh. Chuaigh an bus beag tré Chlifton, ach níor fhág sí an mótarbhealach mar ar chríochnaigh sé in aon chor. D'imigh sí as radharc mar a d'imeodh sneachta fé theas na gréine. Suimiúil, *eh*? Dáiríribh, táim ag teacht ar an dtuairim go bhfuil sé seo ar cheann des na cásanna is nótáltha go rabhas riamh ina bhun. Téimís go dtí an áit: deintear an taighde is fearr, tá's agat, de shiúl cos. Bíodh cithfholcadh agat, féach. Fanfadsa leat agus mé i mbun mo bhricfeasta, agus cuimhnigh air seo, ní hann don rud nach féidir é. Ní féidir gur imigh an bus as radharc: tá sí in áit éigin. Corraigh tú féin anois, agus ná bí id' staic ansan ag féachaint orm."

Chuadar go dtí an áit, agus shiúladar leo síos agus suas, agus buíon mhaith póilíní ar rothair ghluaiste ina dteannta, agus chuadar ó Checkpoint Clifton go Checkpoint Elizabeth. Bhí na súile maighnéadacha ag coimeád cúntais ar na mótair go léir, agus bhíodar ag obair i gceart i gcónaí, ní fhéadfadh aon rud dul thar bráid gan iad á fheiscint. Maidin fhada thuirsiúil a bhí ann, idir ghluaisteáin agus busanna agus leoraithe a bhí ag raideadh thar bráid go glórach. Chuadar siar is aniar ar an gcúrsa arís is arís eile, méadar ar mhéadar. Thángadar ar an dtuairim ná féadfadh an bus beag, olc ná maith, an mótarbhealach a fhágaint tré dhul amach ar aon taobh-bhóthar.

Bhí an ráille cosanta gan bhriseadh ar feadh an chúrsa go léir, ón gcéad chuid go dtí an chuid deireanach. Bhí fhios acu, toisc an smacht a bhí á chur i bhfeidhm ag lárionad na bpóilíní, agus mar gheall ar theachtaireachtaí a bhí fachta ag Ó Treasaigh ar an raidió, nárbh fhéidir gur deineadh aon chur isteach, mailíseach ná eile, ar na téipeanna maighnéadacha – ní raibh éinne tar éis bheith ag útamáil leo. Bhí an teoiric, go raibh duine éigin den fhoireann ag na *checkpoints* ciontach, bhí sé gan bhunús. Ag an am gcéanna, cuireadh as an áireamh go bhféadfadh an bus beag bheith tar éis casadh timpeall, agus in ionad bheith ag dul ó dheas, a bheith ag dul ó thuaidh, is é sin, malairt treo ar fad. Sa chás san leis, bheadh cúrsa an bhus tugtha fé ndeara ag an *checkpoint* agus é le feiscint ar an dtéip.

Faid a bhíodar ina suí laistiar i ngluaisteán ollmhór dubh na bpóilíní, bhí Boniperti níos tré chéile ná riamh agus é ag éisteacht le hÓ Treasaigh ag déanamh achoimre ar an scéal dochreidthe.

"Ní mhairimíd a thuilleadh in aimsir na ndraoithe ná na síóg," arsa Ó Treasaigh. "Mar sin féin tá an tuairim agam, agus agatsa leis, b'fhéidir, go bhfuil cómhacht an diabhail, nó cómhacht gaoil éigin dá chuid, i gceist anso. Ní hionann bus agus ciarsúir draíodóra; mar sin fhéin d'imigh sí as radharc go hiomlán, mar aon leis an ocht nduine dhéag a bhí ar bórd. Fan go bhfeicimíd anois; déanfaimíd gach rud a fhéadfadh tárlú, dá dtagann isteach inár n-aigne, a scrúdú. Caithimís uainn iadsan atá ró-rómánsúil, go dtáinig *UFO*, mar shampla, agus gur thug sí léi an bus ina hiomláine. Caithimís uainn an hipitéis go raibh ar bórd eolaí, nó fiú amháin draíodóir, a bhí ábalta an bus agus a raibh inti a dhéanamh dofheicthe. Ach mar sin féin, is scéal é sin ba bhreá liom a dhíol le roinnt des na cáirde liom atá ag obair sa teilifís."

Bhí Boniperti á thuairimiú gur mar mhagadh a bhí an bleachtaire, ach thuig sé láithreach bonn gur bh'shin slí a bhí aige chun a aigne a scaoileadh saor agus leigint di bheith ag obair níos géire. Ansan tháinig smaoineamh chuige. .

"Neomat amháin," ar seisean. "Dúraís *UFO*, ach abair dá mba héileacaptar a bheadh ann ina ionad san. Héileacaptar ollmhór de chuid an airm, a bhéarfadh greim ar an mbus beag agus a thabharfadh chun siúil í san aer. Ní bheadh a leithéid sin dodhéanta ar fad."

Do labhair Ó Treasaigh ar an raidió le lárionad na bpóilíní. Sea, gan amhras, bhí héileacaptar ag gluaiseacht timpeall an cheantair úd an lá roimis sin, feadh an mhótarbhealaigh a théann ó thuaidh (ó Nua-Eabhrac, is é sin). Sea, gan amhras, héileacaptar mór go maith a bhí inti agus í ar eitilt cleachtaidh. Bhí Boniperti agus a chluasa ar bís agus a chroí lán de dhóchas. Gan amhras d'fhill an héileacaptar mar ba cheart, go déanach an tráthnóna san.

Mhínigh Ó Treasaigh:

"Bhí héileacaptar de chuid na bpóilíní ann. Bhí sí ag eitilt feadh an bhóthair mhóir idir Nanuet agus Elizabeth, agus ní fheacadar aon rud. Agus ansan, cuimhnigh air seo, héileacaptar a árdódh bus i lár an lae ghil agus an trácht go léir timpeall mar a bhíonn san áit seo... Bheadh sé chomh maith an scéal i dtaobh an *UFO* a chreidiúint. Mar sin, téimís siar go dtí na rudaí eile a fhéadfadh tárlú. Scrúdaímís é seo, mar shampla: stadtar an bus, baintear as a chéile í, caitear na píosaí thar an ráille cosanta agus thar an sreang mhiotail, cuirtear d'fhiachaibh ar an bhfoireann dreapadh tharstu chomh maith, fé bhagairt ghunnáin. Cúis gháire é sin, tá sé dochreidthe. Thógfadh sé trí lá bus a bhaint as a chéile."

Chuadar siar an bealach arís, ó Elizabeth go Clifton trés na tolláin ghairide fés na cnoic ghlasa. Ansan ó Chlifton go Nanuet taobh le Parkridge agus le Pearl River, agus thángadar amach i Nanuet gan aon rud nua a bheith fachta amach acu, ná aon smaoineamh nua tar éis iad a bhualadh. Bhí an mótarbhealach mar a bheadh trínse fada ann agus é á fhaire ó cheann go ceann; mar sin féin, chuaigh bus Juventus amach ar an mótarbhealach agus níor fhág sí é.

Faid a bhíodar ag filleadh go dtí tigh ósta 'Cannizzaro', agus iad tuirseach agus tart orthu, arsa Ó Treasaigh:

"Táimíd tar éis na réitigh dhraíochta a chur ar ceal agus bhí gá leis sin. Ach ní tháinig an réiteach ceart chughainn fós, réiteach atá ana-shimplí ar fad. Creid mise, a Bhoniperti, táimíd anso i láthair smaoinimh atá thar a bheith cliste, agus, mar a bhíonn a leithéidí, ana-shimplí. Chífir: nuair a bheidh an mhistéir seo réitithe againn, (agus réiteoimíd í!), beidh iongantas an domhain orainn i dtaobh a shimplí agus a bhí fuascailt na faidhbe."

5. Céim ar Chéim

Ar a 17 a chlog, bhí Boniperti sa tseomra suite i dtigh ósta 'Cannizzaro' in am don tríú coinne gutháin ón bhfuadaitheoir rúndiamhrach, ach ní tháinig an glaoch gutháin ar a 17 a chlog, ná ar 'a 18 a chlog, ná in aon chor. Feitheamh fada in aistear a bhí ann, agus ba mheasade an scéal go raibh leathdosaen iriseoirí, ó pháipéir laethúla éagsúla, bailithe i halla an 'Cannizzaro' agus ná raibh aon rud uathu ach go bhfeicfidís imearthóirí Juventus. Bhí ar Bhoniperti aghaidh a thabhairt orthu, agus é a d'iarraidh iad a chur dá dtreoir, agus ansan thairg sé dhóibh an míniú ba loighiciúla, nó, ar a laghad, an ceann ba shimplí:

"Nílid anso a thuilleadh. Bhí orthu an tigh ósta a athrú arís. Admhaím é, táid beagáinín corrathónach, mar a déarfá, ach caithfidh sibh a thuiscint go bhfuilid tuirseach, na himearthóirí, traochta go deimhin..."

"Cad é an tigh ósta ina bhfuilid anois?", b'shin ceist ó iriseoir de chuid an *Telegraph*.

"Sea," do fhreagair Boniperti, agus é a d'iarraidh a chur in iúil go raibh sé beagáinín míchéadfach. "Sin í an cheist ná féadaim a fhreagairt. Dá bhfreagrainn, raghadh sibhse láithreach bonn ar thóir na creiche arís. Bíodh foighne agaibh; amanathar, chífidh sibh iad i mbun oibre agus féadfaidh sibh agallamh a chur orthu láithreach i ndiaidh an chluiche. Sinn-ne Eorpaigh," ar seisean go bréagach agus níor las a aghaidh fiú, "sin mar is gnách linn é dhéanamh. Chítear na himearthóirí ar pháirc na himeartha agus ní sa tigh ósta."

B'fhéidir go raibh sé tar éis rud amaideach a rá, ach is dócha gur chreid na hiriseoirí é, nó leigeadar orthu gur dhein. Ba chuma le Boniperti ach go n-imeoidís leo lena gcuid slamanna de cheisteanna ná féadfaí a fhreagairt.

Ansan tháinig glaoch gutháin eile ó Torino á fhiafraí an raibh aon rud nua ann agus á dhearbhú go ndíolfaí 100 milliún *dollar* dá mba ghá é. Le linn an tráthnóna fhada úd, tháinig glaoch gutháin ó Lopresti. B'é Boniperti a dhein formhór na cainte. Ba chóir don *impresario*, gan aon amhras, leanúint air mar a bhí á dhéanamh aige cheana, ba cheart do leanúint leis na hullmhuithe i bpáirc imeartha an Yankee Stadium, dul ar aghaidh leis an bpoiblíocht dána agus a dhearbhú dos na nuachtáin go raibh sé féin tar éis na himearthóirí a fheiscint, go raibh cuma mhaith orthu, go rabhadar ar bís chun bualadh arís le hAtletico Asunción do Chorn an Domhain. Agus maidir leis sin de, conas mar a bhí an scéal ag Atletico?

D'fhreagair Lopresti ná beadh foireann Pharagua ag teacht go dtí an lá dár gcionn, 'sé sin, ar an Satharn. Ceithre huaire fichead roim an cluiche mór.

"Go hana-mhaith ar fad," do smaoinigh Boniperti ina aigne, "mar sin, ní bheidh am acu dul i dtaithí an teasa uafásaigh agus raghaidh siad amach ar an bpáirc agus na cosa lag acu."

Ach ní raibh an machnamh san críochnaithe aige nuair a smaoinigh sé, de bharr a thaithí gairmiúla, ar rud a chroith é:

NÍL ACH 48 nUAIRE AN CHLOIG FÁGTHA GO dTÍ AN CLUICHE.

Dá bhfaightí foireann Juventus láithreach agus iad ina sláinte agus i gceart, conas a fhéadfaidís teacht i láthair go cóir ar pháirc na himeartha agus aghaidh a thabhairt ar bhuí is dearg Atletico? B'fhéidir go gcaillfidís go huafásach, níos measa fiú amháin ná an uair go rabhadar i gcoinnibh fhoireann Wiener san Ostair an áirithe sin blian ó shin, a 7 in aghaidh a 1, nó d'fhéadfadh sé a órdú don fhoireann dul amach ar an bpáirc agus a bheith ag bataráil leo go tréan i dtreo is ná beadh amhras ar éinne, fós ar aon chuma, i dtaobh ar thárla. A Thiarna, a leithéid de mhearbhall uafásach. Conas a fhéadfadh sé gur athraigh an turas aoibhinn sin go Nua-Eabhrac ina pháis léanmhar laistigh de chúpla uair an chloig?

Ach amach sa tráthnóna tháinig léas solais. Cúpla neomat tar éis a 18 a chlog a bhí sé, nuair a ghlaoigh lárionad na bpóilíní ar Thadhg Ó Treasaigh. Bhíodar tar éis teacht ar bhus Juventus. Bhí sí san uisce i Gravesend Bay. An bhféadfadh sé teacht láithreach? Ghlaoigh seisean ar an 'Cannizzaro'. An bhféadfadh Boniperti teacht láithreach?

D'éirigh le Boniperti é féin a chorraí d'ainneoin go raibh sé traochta, agus raid sé leis go dtí Gravesend Bay, idir droichead Verrazzano agus Coney Island. Bhí an ghrian árd go maith fós sa spéir, ach mar sin fhéin, chuir na póilíní *limousine* mór dubh ar fáil do, mar aon le soilse agus bonnáin agus póilíní gluaisrothar á dtreorú, agus ghéill an trácht go léir dóibh san go humhal. Taobh leis an gcora, lastuas de Gravesend, bhuail Ó Treasaigh leis agus d'innis do cad a bhí tar éis tárlú.

"Sa chuid áirithe sin de Lower New York Bay, bhí na póilíní tar éis a fháil amach roinnt laethanta roimis sin go raibh córas á úsáid ag lucht smuglála drugaí chun an t-earra san a scaipeadh. Chuiridís síos isteach san uisce é i ngabhadán agus meáchaint throm á choimeád síos, agus bhí áiteanna áirithe roghnaithe acu ar bhruach clé Inbhir Hudson, áit a raibh doimhneas an uisce idir a 10 agus a 15 de mhéadair. Níos déanaí, thagadh daoine eile agus nuair a bhídís siúrálta de ná bíodh éinne á bhfaire, théidís ag iascach chun na drugaí a thabhairt aníos. An tráthnóna áirithe sin, bhí tumadóirí an 'Narcotics Squad' i mbun oibre fé uisce ach in ionad drugaí is amhlaidh a fuaireadar an bus agus a tosach le grinneal. Bus go raibh stríocaí gorma is dearga uirthi. Tharraingíodar amach ar an mbruach láithreach í," arsa Ó Treasaigh.

Bhogadar leo síos ansan go dtí an áit a bhfuarathas an bus.

"Roinnt rudaí suimiúla," arsa an bleachtaire le Boniperti,

agus eisean díreach ag teacht amach as *limousine* na bpóilíní. "Bhíos ag déanamh roinnt oibre im' aigne faid a bhíos ag feitheamh. Féach air seo anois. 'Sé an chéad rud a thaispeáinfead duit ná an bus a iompair an fhoireann."

D'fhéach Boniperti ar an mbus beag agus uafás air: inti sin a bhí foireann Juventus; is aisti a fuadaíodh a fhoireann Juventus fhéin. Tháinig tocht ina scórnaigh agus é a d'iarraidh a shamhlú cad a thárla. B'fhéidir go raibh troid uafásach ann agus urchair agus goin agus b'fhéidir...

Ach bhí Tadhg Ó Treasaigh ag caint go fuarchúiseach mar ba ghnách leis:

"Agus anois 'neosfad duit rud atá fachta amach agam. Féach an buidéal so agus an corc ann. Míníonn sé seo cad 'na thaobh nár chuireadar i gcoinnibh na bhfuadaitheoirí. Istigh sa bhuidéal so tá, fós, dóthain clóraform chun beairic póilíní a chur a chodladh. B'shin é an t-aon rud amháin a fuarathas ar bórd, seachas piléar a bhí tar éis dul tré dhrom suíocháin, rud a fhág é stracaithe ar an dá thaobh. Tugann sé sin le tuiscint, toisc go ndeaghaidh an t-urchar isteach le hoiread san fórsa, nár bhuail sé aon rud eile sula ndeaghaidh sé isteach. Agus ní raibh aon rian fola ann ach chomh beag. Tuigeann tú cad tá i gceist agam?"

Thuig Boniperti go maith. Ní raibh an t-urchar tar éis éinne a bhualadh. Bhí na buachaillí go léir slán. B'shin é an chéad scéala maith a bhí fachta aige le tamall.

Pé scéal é, lean Ó Treasaigh air ag cuardach go mion féachaint an bhfaigheadh sé aon rud nua. Bhí sé tar éis an hata bog a shá siar ar a cheann agus d'fhéach sé díreach cosúil leis an bpictiúir de atá feicithe ag an ndomhan go léir.

"Bhí an bagáiste go léir ina áit i seoimrín an bhagáiste. Maidir leis sin de, bhí do chuidse ann chomh maith, é beagáinín fliuch, gan amhras. Ní dóigh liom gur thóg éinne aon rud. Pé scéal é, féadfair é a sheiceáil."

"Cad mar gheall ar an uimhir chláraithe," d'fhiafraigh Boniperti.

"Tá sí seiceáilte cheana féin: bhí sí fallsa. Deineadh uimhreacha na cabhlach agus uimhir an mhótair féin a scrios le buillí de shiséal géar. Bhí leabhrán oifigiúil an bhus athraithe go fallsa agus go hana-chliste. Bhíodar róchliste chun aon fhianaise mar sin a fhágaint ina ndiaidh. Ach tá an bus anso, agus ba chóir go bhféadfaimís a dhéanamh amach conas a fhágadar an mótarbhealach mallaithe sin gan í bhaint as a chéile. Féachaimís anois."

Thosnaigh Ó Treasaigh ag gabháil timpeall ar an mótarfheithicil ar an dtaobh amuigh, agus é ag féachaint ar.....ca bhfios? Ní bhíodh éinne riamh ábalta é thuiscint, ach bhíodh Ó Treasaigh ag scrúdú leis go mion is go foighneach, chun ná scaoilfeadh sé thairis aon rud in aon chor a bhféadfadh toradh a bheith air. D'fhéach sé fén mbus, ansan ar na cliatháin, ansan scrúdaigh sé an taobh istigh.

Bhí Boniperti ag fanúint go dtógfadh sé gloine mhéadaithe amach as a phóca, díreach mar a dheineadh na bleachtairí is cáiliúla, ach níor dhein Ó Treasaigh ach rudaí a thabhairt fé ndeara agus é cóngrach dóibh, gan tuirsiú in aon chor. Tráth áirithe, chuir sé gluaisteán de chuid na bpóilíní taobh leis an mbus chun dul in áirde ar an ndíon agus súil a chaitheamh ar an gcuid uachtarach den bhus dearg is gorm. Mionscrúdú a bhí ann a thóg roinnt mhaith ama. Ansan, tháinig Ó Treasaigh anuas, agus dhein sé ar Bhoniperti agus é ag glanadh a lámh le ciarsúir.

"Féach anois, *my dear President*, an bhfuairis-se amach chomh maith, conas mar a eitil an bus so anso den mhótarbhealach? Ní dócha go bhfuairis. Ach tá sé simplí. Tair i leith go bhfeicir."

D'fhéach Boniperti air agus eagla air gur mar mhagadh a bhí sé. Ansan, léim sé in áirde ar dhíon ghluaisteán na bpóilíní. Bhí buille éadrom fachta ag miotal an bhus, díreach ós cionn an ghaothscátha, chun tosaigh, amhail is dá mbeadh rud tar éis é bhualadh agus é scríobadh, siar 20 nó 30 cm i dtreo chúl an bhus. Ní raibh ann ach rian, scríob bheag éatrom, ná beadh sé tar éis a thabhairt fé ndeara muna mbeadh gur thaispeáin Ó Treasaigh do é. Léim sé go talamh, chas go dtí an póilín, agus cheistigh é:

"Tá beagán péinte ar iarraidh agus tá mar a bheadh buille beag buailte uirthi gur ar éigin a chífeá é. Ní thuigim cad a thárla, ná cad é an bhaint atá ag na rudaí sin le fuadach na fóirne."

"Airiú!!!" arsa Ó Treasaigh, "ná fuil sé simplí? Tá sé scrite ansan cad 'na thaobh gur imigh an bus gan tásc gan tuairisc. Deineadh an bheart, mar a dúramar cheana, go hana-chliste, go díreach toisc é bheith chomh simplí, chomh bunúsach san. Míneod duit é láithreach bonn." Chas sé go dtína chúntóirí: "*Boys! hurry up!* Brostaíg'. Tógaig' bagáiste Juventus, tarraingíg' amach na geansaithe, na *togs*, na stocaí, an trealamh go léir agus deinig' iad a thriomú. Ní mór do Juventus bheith réidh chun imeartha!"

Chuir na cúntóirí chun oibre, ag oscailt málaí na n-imearthóirí le heochracha speisialta, mar a dúradh leo. Agus é tréna chéile beagán, chonaic Boniperti iad á dtarrac amach agus iad báite le huisce – na geansaithe dubh is bán, na seaicéadaí galánta a chaithidís uaireanta, ar a raibh an bhróidnéaracht shuaithinseach díreach ós cionn an chroí, ansan na *tracksuits*, na *togs*, na bróga peile, ansan bagáiste pearsanta na mbuachaillí. Na rudaí beaga a thugaidís leo timpeall an domhain: mionrudaí a bhíodar tar éis a cheannach i Nua-Eabhrac; *souvenirs* éagsúla; pictiúirí dá muintir, go mbíodh sé de nós acu iad a leagadh ar an mbórd gléasta, le hómós is le taitneamh, i raon a radhairc, i ngach tigh ósta go leagaidís cos ann. Bhí gach uile rud báite. Uisce ag sileadh as gach éinní, ach do láimhsigh na póilíní go cúramach iad, agus thugadar ó láimh go láimh iad, agus iad siúrálta de go mbeidís á dtabhairt thar n-ais arís sara fada dos na himearthóirí.

Bhí Tadhg Ó Treasaigh ina luí i gcoinnibh *limousine* dubh na bpóilíní agus an hata clasaiceach tarractha siar ar a cheann aige. Bhí sé taobh le Boniperti agus an bheirt acu ag féachaint ar oifigigh na fóirne eolaíochta a bhí ag scrúdú an bhus arís le gloiní méadaithe; scaipeadar púdar uirthi chun rianta na méar a thabhairt chun solais agus bhíodar ag glacadh grianghrafanna di thíos agus thuas.

"'Bhfeiceann tú?" arsa Ó Treasaigh agus é ag síneadh méire i dtreo na buíne eolaíochta. "Ní chiallaíonn na fíricí sin faic na ngrást muna ndeineann an rud so thuas a chuid oibre chomh maith," ar seisean agus é ag bualadh méire ar a éadan, "na cealla beaga liatha, i bhfoclaibh eile, mar a déarfadh mo chara féin, agus an *maestro*, Hercule Poirot."

"Thosnaís leis an nding sin sa chuid tosaigh den bhus, dar liom," arsa Boniperti agus é a d'iarraidh teacht roim a chuid míniúcháin.

"Gan amhras," arsa Ó Treasaigh, "gan dabht, cad eile? Sin é agat é. Ding a bhí sa chuid tosaigh den bhus lastuas agus a bhí cuartha aníos agus ag dul siar beagán ar dhíon an bhus. Ding a bhí doimhin go maith ina tosach, ansan ag dul i laghad agus ag éirí chomh mín san ar deireadh thiar gur imigh sí as radharc. Ar bhonn an méid sin atá tugtha fé ndeara againn, tosnaímís ag réasúnú. Tá dhá rud soiléir. An chéad cheann, an ding seo. Deineadh í le déanaí, ag dul de réir staid na péinte, agus thárla sí nuair a bhuail an bus i gcoinnibh ruda éigin go láidir, rud a bhí díreach ar aon aoirde leis an ndíon. An dara rud. Lean an ding seo ar aghaidh go dtí gur stad an bac ar a bheith ag brú i gcoinnibh an bhus, de bheith á scríobadh. Maidir leis an ndara fíric seo, d'fhéadfadh dhá mhíniú a bheith ar an scéal. An chéad cheann, gur árdaíodh pé rud é a bhí ag brú ar dhíon an bhus bhig, nó, an dara rud, gur íslíodh an bus féin. Ní fhéadfadh an tríú míniú a bheith ann, dar liom."

Dhiúltaigh Ó Treasaigh an toitín a thairg Boniperti do. Bhí seisean agus é á leanúint le lán a chuid fuinnimh. Bhí sé a d'iarraidh teacht roim na cora casta a bhí i réasúnaíocht Uí Threasaigh, d'ainneoin go raibh gach aon ní doiléir do fós.

"An chéad mhíniú san," arsa Ó Treasaigh agus é ag leanúint air, "ní ghabhann sé sin in aon áit. Ní féidir a shamhlú, mar shampla, go bhféadfadh an bus bualadh i gcoinnibh ruda éigin a bheadh crochta anuas as crann tógála, abair, agus ansan go n-árdófaí chun siúil é. Is féidir é sin a chinntiú, dar ndóigh, ach tá súil agam nach mar sin a bhí, mar ní thugann an chonair sin in aon áit sinn.

"Ach an dara míniú, seo é an ceann a mbeidh toradh air. Samhlaímís, mar shampla, gur cuireadh ar an mbus beag so, inar fuadaíodh Juventus, dul in áirde ar fhánán chun dul isteach i rud éigin cosúil le *bunker* a bhí árdaithe den talamh. Cad a thárlaíonn? Tuigeann tusa níos fearr ná mise. Téann an bus beag ar aghaidh suas an fánán. Nuair a shroiseann sí an pointe ag a mbíonn sí ag dul isteach, bíonn díon an bhus ró-ard agus buaileann sé i gcoinnibh an gharáiste seo, nó pé rud é, mar go mbíonn sé ró-íseal, agus láithreach bonn díríonn an fheithicil go cothrománach arís agus ní bhíonn sí ag scríobadh a dín i gcoinnibh na síleála a thuilleadh. Samhlaigh bosca á chur isteach i mbosca eile. An dtuigeann tú cad táim a d'iarraidh a oibriú amach?

Chroith Boniperti a cheann ag aontú leis.

"Leanaim an réasúnaíocht agus is dóigh liom go dtuigim, ach níor éirigh liom é leanúint mar sin fhéin. An bus so a dhul in áirde i ngaráiste?"

"Bog breá," do fhreagair Ó Treasaigh, "cad é an saghas garáiste? Garáiste ana-speisialta, é árdaithe den talamh agus an fárdoras péinteálta, mar is léir ós na rianta a d'fhág sé ar dhíon an bhus. Garáiste, mar shampla, a gheofá ar an mótarbhealach... Cad é, mar sin? Faic go fóill? Ar an dtaobh eile den scéal d'fhéadfadh sé..."

Um an dtaca san bhí críochnaithe ag na póilíní le liostáil na n-earraí. Bhí bagáiste Juventus go léir curtha ar leoraí acu agus bhailíodar leo go lárionad na bpóilíní. Chroith Ó Treasaigh é féin beagán agus d'iarr sé ar chúntóir dul agus deoch fhionnfhuar d'fháil do agus ansan lean sé air:

"Fan anois agus éist liom. B'fhéidir gur cuimhin leat na téipeanna maighnéadacha a choimeád cúntas ar an dtrácht ar an mótarbhealach idir Nanuet agus Elizabeth. Dheineas-sa nóta im' leabhar nótaí d'imeachtaí bhus Juventus agus na ngluaisteán eile. Tá sé anso agam agus léitheoireacht ana-shuimiúil é, ana-shuimiúil ar fad."

Bhí an ghrian ag dul fé go mall i nGravesend Bay agus an spéir ina caor thine lastall de dhroichead Verrazzano. D'fhéach Boniperti ar a uaireadóir, bhí sé a 19 a chlog.

NÍ RAIBH FÁGTHA ACH 46 hUAIRE AN CHLOIG GO dTÍ AN CLUICHE LE hATLETICO DE ASUNCIÓN.

B'fhearr leis gan smaoineamh air. I láthair na huaire bhí sé riachtanach díriú ar fhocail Uí Threasaigh ag a raibh sé fé dhraíocht.

"Anois léimís na hailt sin arís. Féach anois. Ag Checkpoint Nanuet ghabhadar thart san órd so agus iad ag dul ó dheas: leoraí míleata, veain mhór iompair, Cadillac, Cadillac eile, Volkswagen, bus beag Juventus, leoraí eile, Volkswagen eile, agus Fiat. Ag Checkpoint Ridgewood bhí an t-órd mar seo: an dá Chadillac, an Lotus, a bhí tar éis teacht suas leo, an veain mhór iompair agus bus beag Juventus. D'fhág na Volkwagen agus an Fiat ag an *checkpoint* sin. Ag Checkpoint Clifton is mar seo a bhí an t-órd: Tháinig an Lotus, a bhí tar éis dul amach rómpu go léir, i dtosach, ansan tháinig an dá Chadillac, ansan Ford a bhí ag taisteal go hana-mhear, ansan an veain mhór, ansan bus beag Juventus. Ansan tá's againn gur ghabhadar go léir thar Checkpoint Elizabeth san órd céanna san ach nár ghaibh an bus beag a bhí ag iompar na fóirne."

Chuir Ó Treasaigh a leabhrán thar n-ais isteach ina phóca agus lean sé air. "Ón scrúdú gairid atá déanta againn le chéile is léir dhá ní. An chéad rud, maidir le hórd na ngluaisteán, is cuma cad é órd na rudaí, bhí an veain mhór iompair i gcónaí ann. An dara rud..."

"An dara rud," arsa Boniperti agus é ag cur isteach air agus sceitimíní air, "ná go bhfuil an rud ait do-mhínithe seo ann: 'sé sin, go raibh na ropairí, agus an brothall éachtach a bhí ann agus an deithineas a bhí orthu chun ceann scríbe a shroisint, 'sé sin an áit folaithe, á chur san áireamh go raibh ar bórd acu, rud ana-chontúirteach go deimhin déarfainn, na himearthóirí agus iad fé thionchar clóraform," – stad sé chun anál a tharrac – "á chur san go léir san áireamh, nár dhein tiománaí an bhus bhig aon iarracht dá laghad ar dhul amach thar an veain mhór iompair a bhí ag imeacht roimis."

"Thar barr!" arsa Ó Treasaigh. "Traoslaím an méid sin leat. Anois leanfaimíd orainn lenár réasúnaíocht. Agus cad 'na thaobh nár imigh an bus beag amach thar an veain mhór? Tá an freagra soiléir: mar nár theastaigh uathu é sin a dhéanamh. Ach cad 'na thaobh nár theastaigh ón mbus beag dearg is gorm dul amach thar an veain mhór? Is ansan atá eochair na mistéire, nach mistéir in aon chor í ach rud ana-shimplí mar a bhí á rá againn cheana. '*Elementary*', mar a déarfadh Sherlock Holmes, ach dá réir sin ana-shimplí. An cuimhin leat conas mar a bhí an scéal sa chuid deireanach den mhótarbhealach nuair a imigh an bus as radharc idir Clifton agus Elizabeth?"

Níor ghá do Bhoniperti aon iarracht a dhéanamh ar chuimhneamh air. Bhíodar tar éis dul siar ar an gcúrsa trí nó ceithre huaire, go mall, an mhaidin chéanna san agus iad ag cuardach, féachaint an bhfaighidís aon rud a chabhródh leo.

"Gan amhras tá an bóthar ansan cnocach agus tá a dó nó a trí de tholláin ann..."

"Is leor san. Trí tolláin atá ann, le bheith cruinn, agus dhéanfadh aon cheann des na trí cinn acu an gnó chun seans a thabhairt dóibh Juventus a chur as radharc. Mar sin, tá's againn cheana féin cad a thárla: i gceann des na tolláin bhí an bus laistiar den veain mhór iompair. D'oscail seisean na dóirse cúil, leigeadh anuas fánán, mhoilligh sé beagán beag bídeach agus suas agus isteach leis an mbus agus an fhoireann istigh inti. Deineadh é sin go léir fé dheithineas i ndorchadas an tolláin, agus gan éinne á dtabhairt fé ndeara. Mar sin, go díreach toisc gur deineadh na rudaí sin fé dheithineas, nuair a bhí an bus ag dul isteach bhuail an chuid uachtarach di go héatrom i gcoinnibh na coda íochtaraí den oscailt sa veain. Ansan nuair a bhí sí socair istigh, luathaigh an veain iompair a gluaiseacht arís agus dhúnadar na dóirse. Bhí Juventus imithe gan tásc gan tuairisc agus ag Checkpoint Elizabeth amach leis an veain agus gan tuairim dá laghad ag éinne go raibh istigh inti, agus iad ina gcodladh ag an gclóraform, an fhoireann go raibh sé i gceist go mbeidís ar pháirc na himeartha le hAtletico."

Níor fhéad Boniperti é fhéin a chosc ar bharróg a bhreith air, rud a bhain siar as súd.

"Go hiongantach, a Mhic Uí Threasaigh, ceann des na cúil is fearr dá bhfeaca riamh im' shaol! Bhí sé go hiongantach! Bhí sé dochreidthe! An bus beag so againn-ne laistiar de veain, ansan osclaíonn na dóirse, isteach linn-ne, díreach mar a bheadh bosca á chur isteach i mbosca eile..."

Um an dtaca san bhí críochnaithe ag fir na buíne eolaíochta lena gcuid oibre. Thug Ó Treasaigh cead dóibh an bus a bhogadh. Tharraingíodar leo í go lárionad na bpóilíní ná raibh i bhfad uathu i Lower Manhattan.

"An áit ina bhfuil an fhoireann á gcoimeád ina bpríosúnaigh, ní fhéadfadh go bhfuil sé i bhfad ón áit seo," arsa Ó Treasaigh arís. "An bus beag a bhí á cuardach ag na hoifigigh go léir, ní féidir gur iompraíodh í ró-fhada ón áit inar scaoileadh na himearthóirí amach aisti. Bheadh sé i bhfad ró-chontúirteach dá bhfeictí iad agus iad ag gabháil timpeall. Ar an abhar san samhlaím nár dhein sí ach turas réasúnta gairid, sarar deineadh í a shleamhnú, agus é cheana féin dorcha, isteach in inbhear an Hudson. Go hana-gharbh, d'fhéadfainn a rá go bhfuil an fhoireann á gcoimeád fé ghlas i gceantar ná fuil ann ach cúpla míle idir Brooklyn agus Richmond ach is ana-dheacair a chreidiúint go dtugadar an bus dearg is gorm treasna dhroichead Verrazzano – bheadh sé sin ró-chontúirteach. Is gnách go mbíonn na póilíní ag seiceáil an tráchta. Ní hea, ní hea! Tá an fhoireann á gcoimeád folaithe ar an mbruach so, idir Coney Island agus South Brooklyn agus is ansan a gheobhaimíd iad, *my dear* Boniperti, *old pal*, a sheana-chara, i bhfad níos túisce ná mar a cheapann tú."

6. Árdaigh Suas É!

Agus é ag dul thar n-ais go tigh ósta 'Cannizzaro' i ngluaisteán na bpóilíní agus an oíche ag titim bhí Boniperti ag dul siar ina aigne ar na focail dheireanacha a dubhairt Ó Treasaigh agus bhíodar á líonadh le mothúcháin dóchais agus éadóchais gach re seal. Bhí sé cheana féin a 21 a chlog.

I gCEANN 44 hUAIRE AN CHLOIG BHEADH AR JUVENTUS DUL AMACH AR PHÁIRC NA hIMEARTHA I gCOINNIBH ATLETICO CHUN IMIRT I gCRAOBH CHORN AN DOMHAIN.

Dhein sé meangadh searbh gáire. Dá mbeadh a fhios ag an gcoirnéal, uachtarán na gcuradh Paraguach, an cás ina raibh sé! Dhein sé iarracht ar dhul a chodladh agus a cheann sínte siar aige ar chúl an tsuíocháin ach theip air. Bhí sé ró-thraochta agus ag an am gcéanna ró-sceitimíneach, agus an tiománaí, bhí seisean mar a dúradh leis a dhéanamh ag tiomáint rómhear ar fad, ag dul amach go contúirteach thar fheithiclí eile agus ag gabháil ar greadadh timpeall cúinní.

Sea, an tiománaí. Fear caol, árd agus spéaclaí gréine á gcaitheamh aige agus bhí sé tar éis féachaint go hana-fhiosrach ar fad air nuair a chuaigh sé isteach sa ghluaisteán. Chuaigh creathán scanraidh síos a dhrom. Abair go raibh seisean chomh maith...? Conas a fhéadfadh sé bheith deimhin de ná raibh tiománaí seo na bpóilíní, sa domhan buile seo ina raibh sé ag maireachtaint le cúpla lá, ná raibh seisean ag fáil airgid, ó n'fheadar cé hé, chun é siúd a chur as radharc díreach mar a thárla don fhoireann? Cad 'na thaobh i ndiaidh na fóirne a fhuadach ná teastódh uathu iarracht a dhéanamh ar eisean a fhuadach chomh maith?

Is le deacracht a choisc sé é féin ar a rá leis: "Stad! Ní mór dom túirlingt anso", ach láithreach bonn chiúinigh sé é féin.

Bhíodar tar éis gach uile theora luais a shá29 agus iad ag séideadh an bhonnáin ar an New York State Thruway agus um an dtaca so bhíodar ábalta soilse Pleasantville a fheiscint agus an bealach isteach go dtí an 'Cannizzaro'.

Léim Boniperti amach. An dtárla aon rud nua faid a bhí sé as baile? An raibh éinne á lorg ar an dteileafón?

Ní raibh éinne á lorg. Ach tháinig fear tacsaí agus d'fhág sé clúdach le tabhairt do cheannaire Juventus.

Thairg Cannizzaro do é. Bhí sé fós dúnta. I dtosach báire d'fhiafraigh Boniperti de:

"An bhfuairis uimhir chláraithe an tacsaí?"

"Ní bhfuaireas." Sa chorraíl is amhlaidh ná raibh Cannizzaro tar éis cuimhneamh air sin, agus bheadh sé dodhéanta teacht suas leis anois, fiú agus talamh slán á dhéanamh de gur fear tacsaí ceart a bhí ann.

Strac Boniperti an clúdach agus tuairim mhaith aige cheana féin cad a bhí ann. Na treoracha don éiric, cad eile. Bhí an nóta scrite i gcinnlitreacha agus seo leanas mar a dubhairt sé:

"NÍ CHUIRFIMÍD AON GHLAOCH TEILEAFÓIN EILE CHUGHAIBH. TÁ'S AGAINN GO MAITH GO BHFUIL SIBH TAR ÉIS AN SCÉAL A CHUR IN IÚIL DOS NA PÓILÍNÍ AGUS GO BHFUIL GACH LÍNE Á SEICEÁIL. NÍL AON TÁBHACHT LEIS SIN AR AON CHUMA. TÁ AN FHOIREANN AR LÁIMH AGAINN-NE AGUS MURA nDÍOLTAR AN 100 MILLÚN *DOLLAR* ATÁ IARRTHA AGAINN NÍ FHEICFIDH SIBH IAD GO DEO ARÍS. AGUS ANOIS SEO IAD COINNÍOLLACHA NA hÉIRICE: AMÁIREACH, TRÁTHNÓNA DÉ SATHAIRN AR A 19 A CHLOG, CUIRFIDH SIBH BALÚN POIBLÍOCHTA IN ÁIRDE. FÉN mBALÚN BEIDH CISEÁN. ISTIGH ANSAN BEIDH CURTHA AGAIBH AN 100 MILLIÚN AGUS É GO

LÉIR INA NÓTAÍ NÁ BEIDH RÓ-MHÓR, $50 AR A MHÉID. CEANGAILTE DEN BHALÚN BEIDH RIBÍN MÓR FADA AGUS SCRITE AIR SIN BEIDH NA FOCAIL SEO: "JUVENTUS-ATLETICO: THE FIGHT OF THE 20th CENTURY!" NÍ MÓR É A CHUR IN ÁIRDE I gCEANTAR KINGSTON. CAITHFIDH SÉ BHEITH ÁBALTA ÉIRÍ CHOMH hÁRD LE 5000 MÉADAR AGUS GAN DUL NÍOS AOIRDE. NUAIR A BHEIDH AN 100 MILLIÚN AGAINN SCAOILFEAR AN FHOIREANN SAOR, ACH DEIRIMÍD ARÍS É, MÁ LOICEANN SIBH IN AON CHEANN IN AON CHOR DENÁR gCUID ÓRDAITHE, NÍ FHEICFIDH SIBH GO DEO ARÍS IAD."

7. Bog Breá Anois

"Balún ar eitilt an ea? Bhuel, nach iongantach ar fad an smaoineamh é!"

Dhealraigh sé go raibh Tadhg Ó Treasaigh ag baint taitnimh as dáiríribh agus go raibh sé ana-thógtha le clisteacht na mbithiúnach a bhí tar éis Juventus a fhuadach. Is amhlaidh a bhí Boniperti tar éis glaoch air ó thigh ósta 'Cannizzaro' chun a innsint do mar gheall ar an nóta a bhí fachta aige beagán beag roimis sin, ina ndúradh go soiléir an tslí ina ndíolfaí an 100 milliún *dollar* agus, chomh fada is a bhain leis siúd de, bhain sé siar as go deimhin go bhféadfadh Ó Treasaigh taitneamh a bhaint as a leithéid sin de scéal.

"Nach dóigh leat go bhfuil an modh oibre seo beagáinín cosúil le *science fiction*?" a d'fhiafraigh Boniperti.

"Dealraíonn sé domhsa," do fhreagair Tadhg Ó Treasaigh ón gceann eile den teileafón, "go bhfuilid tar éis a thaispeáint go bhfuilid cuibheasach macánta. $100 milliún ar son fóirne cosúil le Juventus atá san iomaíocht do Chorn an Domhain. Cad é an méid é sin in airgead Iodálach?"

"Tuairim is 70,000,000,000 *lira*," do fhreagair Boniperti.

"Seachtó míle milliún *lira*," arsa Tadhg Ó Treasaigh agus é ag machnamh. Do b'fhuirist é a shamhlú ansan díreach agus é ag leigint a scíthe i gcoinnibh an bhúird, é ina léine agus an hata bog tarractha siar ar a cheann. "70,000,000,000 *lira* ar son dosaen daoine nó b'fhéidir ocht nduine dhéag má cómhairítear na daoine atá leo agus na cúil taca. Is beag an méid é, go deimhin is beag. Do léigheas-sa gan dabht ar domhan le déanaí go bhfuil peileadóirí áirithe Iodálacha ann gur fiú 10,000,000,000 *lira* an duine iad agus níos mó fiú."

D'fhiafraigh Boniperti de fhéin conas a fhéadfadh sé go

raibh Tadhg Ó Treasaigh chomh heolach san ar chúrsaí cluichí san Iodáil.

"Cad 'na thaobh go gceapaim gur smaoineamh cliste é an balún? Sea, bhí sé sin dearmhadta agam," do lean Ó Treasaigh air. "Deirimse leat, in aon chás fuadaigh go raibh aon bhaint agamsa leis go dtí so, nár úsáideadh riamh balún ar eitilt. Téimís siar ar iarrataisí na ropairí. Caithfidh an balún a bheith in áirde agus a bheith ag tarrac ribín laistiar de agus scríte air sin i litreacha ollmhóra beidh 'Juventus-Atletico: the Fight of the 20th Century!' É sin, is léir, chun go bhféadfar an balún a fheiscint ó áit éigin i bhfad ó bhaile agus go bhféadfar é aithint láithreach, chun go bhféadfaidh na daoine sin an \$100 milliún a thabhairt leo as an gciseán.

"Sa tarna háit, caithfidh sé bheith ábalta éirí in áirde go dtí 5,000 méadar. Tugann an méid sin eochair eolais dúinn lena bhféadfaimíd teacht ar an réasúnú a chuirfidh ar a gcumas greim d'fháil ar an \$100 milliún. Ní fhéadfaidh na fuadaitheoirí fanúint go dtí go dtiocfaidh an balún anuas é féin. Dá bhrí sin caithfear teacht air ó eitleán a bheidh ar an aoirde chéanna agus a bheidh ábalta cúig mhíle méadar ar aoirde a shroisint. Ní haon eitleán beag a bheidh inti. Is cómhartha é sin go bhfuil eagraíocht ana-mhór laistiar des na bithiúnaigh. Ba ghá eitleán cómhachtach, ceann, ar a laghad, ina mbeadh píolóta ana-oilte. An balún, is gá é chur in áirde i Kingston..."

"Cá bhfuil Kingston?" d'fhiafraigh Boniperti.

"Laisteas de shléibhte Appalachia," arsa Ó Treasaigh, "in aice le Loch Ashokan, 130 km ó thuaidh ó Nua-Eabhrac. Ceantar é ná fuil cónaí ar mhórán daoine ann idir an Hudson agus na cnoic. Ní thugann sé sin mórán eolais dúinn ach ceadaíonn sé dúinn a shamhlú ná teastaíonn ós na fuadaitheoirí go mbeidís ró-chóngrach d'aerbhealaí Nua-Eabhrac."

"Ina dhiaidh san," arsa Boniperti, "iompraíonn gaoth mhór

an balún n'fheadair éinne cad é an áit, agus é ag iompar na milliún..."

"Ó, ní thárlóidh éinní dá shórt," arsa Ó Treasaigh. "Tá na réamhfhaisnéisí meitéireolaíochta, gur chuireas fios orthu a luaithe agus a ghlaois orm ar an dteileafón, táid go léir ar aon tuairim, 'sé sin go mbeidh sé ina chalm go ceann 48 n-uaire an chloig, gan puth gaoithe ann agus go mbeidh an teas ag éirí. Ní hea, ní hea, raghaidh an balún caol díreach in áirde. Agus cad 'na thaobh gur iarr na fuadaitheoirí go láinseálfaí é ar a 19 a chlog? "*Elementary, my dear Watson*", mar a déarfadh Sherlock Holmes: mar go mbeidh sé ag éirí dorcha ar a 20 a chlog. Mar sin, an t-eitleán so, caithfidh sí bheith ina heitleán maith agus ábalta breith ar an gciseán ina mbeidh an t-airgead agus é tharrac ina diaidh ar feadh leathuair a chloig ag feitheamh leis an gclapsholas, ansan túirlingt in áit thréigthe éigin. Áit a mbeidh gluaisteán ag feitheamh léi a thabharfaidh chun siúil an píolóta agus an t-airgead. Ana-chliste, nach dóigh leat é? Cuirimís i gcás go n-éireoidh linn an t-eitleán a leanúint, agus go dtagaimíd ar deireadh thiar ar an áit ina bhfuil sí tar éis túirlingt sa ghaineamhlach. Gheibhimíd ós ár gcómhair árthach gan uimhir, gan cómharthaí aitheantais d'aon tsórt, agus b'fhéidir fiú í tré thine.

"Nó, agus seo slí ní b'fhearr fós, tógann an píolóta an taisce a bheidh ar crochadh as an mbalún, léimeann sé amach agus paraisiút aige tar éis do an t-eitleán a chur tré thine, túirlingíonn sé ar talamh agus sceinneann sé leis lena cháirde, a bhíonn ag feitheamh leis. Muna mbíonn aon ghaoth ann, agus is deimhin ná beidh, ní bheidh ann ach mar a bheadh cluiche do leanaí. Mar sin, faid a bheimísne ag brostú linn go dtí an áit ina ndúradh linn go raibh an t-árthach tré thine, bheadh na bithiúnaigh tar éis filleadh ar a gcompórd agus iad sínte siar agus totóga agus deoch acu agus iad ag seiceáil, ceann ar cheann, na milliún nótaí airgid chun féachaint an mbeadh aon cheann acu fallsa nó sínithe agus sa chás san d'fhanfadh Juventus mar a dúradh linn ina bpríosúnaigh."

"Tá sé sin róchliste ar fad – ceapaimse go bhfuil sé diablaí," arsa Boniperti agus é ag triomú fuar-allais a bhí ina phéarlaí ar a éadan.

"Sea," arsa Ó Treasaigh, "ach foraíor níl iontu san ach ár dtuairimí, ní fhéadfaimís go deo a léiriú go praiticiúil go bhfuil mo chuid smaointe cruinn. Go deimhin féin ní bhfaighidh na bithiúnaigh oiread agus *dollar* mar táimídne chun an fhoireann a scaoileadh saor roimis sin. Do bhí gach uile rud pleanáilte acu ach ní bhfaighidh siad faic. Mar a dubhart leat tá lucht na haimsire á rá go mbeidh an aimsir socair, breá. Sin cómhartha maith duitse chomh maith, *dear President*, mar imreoidh siad an cluiche agus na tosca is fearr ar fad acu."

Bhí Boniperti ana-amhrastúil ina thaobh san.

"Bíodh san mar atá, fuaireas órduithe cruinne ó Torino agus chuas i dteangmháil leis na bainc. Is dócha go n-aithníonn tú na hainmneacha so: Bank of America, Manhattan Chase Bank, First National City Bank i mBoston. Dealraíonn sé gur bainc cuibheasach láidir iad san, nach dóigh leat é? Táid tar éis barrántas d'fháil ó Torino, mar a bheitheá ag súil leis, agus táid ag feitheamh leis an órdú chun $100 milliún a thabhairt domhsa, é go léir ina bhillí 10, 20 agus 50."

" Ní bheidh aon ghá leis," arsa Ó Treasaigh agus é ag cur isteach air go teann. Chuala Boniperti é ag puthaíl ag ceann eile an teileafóin. "Ní bheidh aon ghá leis!" Dhealraigh sé go raibh sé míchéadfach toisc go bhféadfadh éinne gan muinín iomlán a bheith aige as a chuid geallúintí. "Tá súil agam bheith ábalta rud éigin a innsint duit anocht féin. Ní mór dom dul anois ar chuairt ana-thábhachtach."

"Raghadsa leat," arsa Boniperti.

"Is oth liom ná féadfair é. Go raibh maith agat, ach *sorry*, caithfead dul ann im' aonar. Is rud é atá beagáinín rúnda nó fiú amháin gan a bheith dleathach. 'Neosfad duit ina thaobh amáireach, agus mholfainn duit dul a chodladh agus do scíth a leigint. Slán agat go fóill mar sin."

Bhí Boniperti agus theastaigh uaidh dul ina theannta ach chuir clic an teileafóin in iúil do go raibh an glacadóir curtha síos aige agus gur bh'shin deireadh leis an gcómhrá. Dul a chodladh? Ní raibh aon chuimhneamh aige air. D'fhéach sé ar a uaireadóir, bhí sé a 22 a chlog.

43 hUAIRE AN CHLOIG A BHÍ FÁGTHA GO TÚS AN CHLUICHE, "TROID NA 20ú hAOISE".

8. Chughat an Púca!

Cúpla uair an chloig roimis sin bhí an *Rosina B*, long 7,000 tonna, arbh as cathair Genova di i dtosach ach a bhí cláraithe i bPalermo ar chúiseanna airgeadais, bhí sí tar éis a caogadú turas mall treasna an Aigéin Atlantaigh a dhéanamh agus bhí sí ag tarrac ar bhéal bhá Nua-Eabhrac. Bhí sí, roimis sin, tar éis lasta miotail a chur ar cé i New Orleans agus ansan, ag bórdáil léi, bhí sí tar éis dul suas an cósta nó gur ráinig di ós cómhair bhá Nua-Eabhrac ar a 18 a chlog tráthnóna Dé hAoine. I Nua-Eabhrac bheadh uirthi seacláid a chur i dtír agus arbhar Indiach a chur ar bórd. Ba chuma dá gcuirtí moill ar an ngnó deireanach san ach bhí práinn thar na beartaibh leis an gcéad ghnó.

Mar ba ghnách bhí na reoiteoirí ag feidhmniú ar leath-chómhacht. De bharr teasa an lae ní fada go mbeadh an tseacláid iompaithe ina meall salach a caithfí a chaitheamh amach. Dá bhrí sin, agus Coney Island le feiscint acu agus iad i gcómharsanacht an bhealaigh fé dhroichead Verrazzano, bhí an Captaen Giuseppe Schiappacasse á rá leis féin, agus é ag triomú a bhaithis, (a bhí maol agus ag glioscarnaigh le hallas), go mbeadh leis, agus laistigh de chúpla uair an chloig go bhféadfadh an tseacláid a bheith slán ins na reoiteoirí i Nua-Eabhrac. Bhí an tseana-chairt oirearc so de chuid na mara ar tí ceangal le cé.

Ansan tháinig an chéad oifigeach chuige agus teileagram ina láimh agus cuma bhuartha ar a shúile.

"Tá fadhb againn, a Chaptaein. Léigh é seo."

Léigh Schiappacasse an teileagram : "MAR GHEALL AR STAILC AG TUGAÍ CHALAPHORT NUA-EABHRAC ÓRDAÍMÍD DÍBH GAN TARRAC LE CÉ. FANAIG' AR A LAGHAD 3 MHÍLE AMACH NÓ TÉIG' I dTREO CALAPHOIRT EILE."

D'fhéach Giuseppe Schiappacasse isteach ins na súile ar Antonio Burlando, a bhí, ní hamháin mar chéad oifigeach ach a bhí ann d'aon ghnó, mheasfá, i dtreo is go bhféadfaidís bheith ag troid lena chéile chomh minic agus ab fhéidir é.

"Gan cur chun cé! An bhfuilid á rá san liomsa? Díreach mar sin? Agus cad a dhéanfaimíd leis an seacláid atá ar tí a loitithe?"

Chroith Burlando a ghuailne:

"Tá árachas againn. D'fhéadfaimís fanúint, ar a laghad go mbeidh deireadh leis an stailc, agus idir an dá linn d'fhéadfaimís an tseacláid a ithe."

"Ach tá's agat go leanann roinnt des na stailceanna san áit seo ar feadh seasca lá agus tá's agat go gcaithfead ceangal leis na céanna mallaithe sin agus na hearraí mallaithe a chur ar port dos na costaiméirí mallaithe. Ded' réirse ba cheart dúinn dul go Philadelphia, an ea? Nó go Boston? Bheadh an tseacláid agus piastaí móra, chomh mór le míola móra, ar snámh inti sara sroisfimís ceachtar acu."

Bhí an *Rosina B* ag treabhadh léi fé dhroichead Verrazzano. Bhí an fhoireann, 20 éigin acu, arbh as Liguria agus Trieste a bhformhór, bhíodar bailithe ar na cliatháin agus iad ag féachaint ar an radharc a bhí feicthe acu na céadta uair cheana ach a bhí tarraingteach i gcónaí, Dealbh na Saoirse agus *skyscrapers* Mhanhattan, a rabhadar ag teacht níos cóngraí dóibh go mall. Bhí an ghrian ag dul fé, agus cuma shuaimhneach ar Nua-Eabhrac. Thóg an Captaen Schiappacasse an raidió-teileafón ina láimh agus labhair sé go díreach le húdaráis an chalaphoirt.

"Ní fhéadfaimís fanúint amuigh ar farraige. Caithfimíd, gan aon dabht in aon chor, dul chun cé. Is cás tromchúiseach é, tá earraí ar bórd atá ag meath. An dtuigeann tú? Tá rudaí ann atá ag lobhadh. Caithfimíd dul chun poirt."

Bhí guth an oifigigh sa Port Authority tiarnúil agus stadach, amhail is dá mbeadh sé ag teacht as *robot*: "'Sé an t-órdú ná fanúint ar a laghad trí mhíle amach, ar a laghad trí mhíle amach ar farraige."

Bhíodar tar éis an long a aimsiú ar *radar* agus le linn na cainte bhíodar á leanúint amhail is dá mba bhréagán loinge í. "Deirimíd arís: Imíg' amach as na Narrows. Casaig' chun na farraige móire. Fanaig' ar a laghad trí mhíle amach."

Bhí Schiappacasse corcra san aghaidh. Bhain sé de a chaipín agus chaith ar chlár na loinge é agus shatail air.

"Cad a cheapaid, na daoine sin thall. Ní dubhairt éinne riamh le Giuseppe Schiappacasse di Camogli casadh siar. An dtuigir?"

"Chasfainnse thar n-ais," arsa Burlando, "nílimíd ag lorg trioblóide."

"Beimíd i dtrioblóid i gceart muna dtéimíd ar aghaidh. An bhfuil a fhios agat cad a dhéanfad? Ní thabharfad aon áird orthu..."

"Chasfainnse thar n-ais," arsa Burlando arís.

"Tusa, do chasfása thar n-ais, ach ní chasfainnse. Mise Giuseppe Schiappacasse di Camogli. Cuimhnítear air go ndeaghadh-sa isteach i gcalaphort Hong Kong agus tíofún ann. Níl oiread agus puth gaoithe anso. Tá an lá go léir againn chun í a bhogadh isteach ar ár mbogstróc..."

Thug Burlando céim siar agus a aghaidh mílítheach.

"Cad 'tá i gceist agat a dhéanamh? Ná habair liom go bhfuilir ag cuimhneamh ar dhul chun calaidh gan tugaí! Má dheinimíd, brisfear sinn in aghaidh an ché agus cuirfear an *Rosina B* go tóin poill."

D'fhéach an Captaen Schiappacasse air go dána.

"Ní raghaidh an *Rosina B* go tóin poill go ceann míle bliain. Do ráinig, uair, anso i Nua-Eabhrac, gur éirigh fiú amháin leis an *Raffaello* dul chun calaidh gan tuga. Ba mhaith liom a fheiscint an féidir liomsa é a dhéanamh. Mise, atá triocha bliain i gceannas an bháid seo."

Bhog an bád iompair léi ar aghaidh go mall agus í ag claonadh i dtreo an bhruaich chlé. Ghabhadar timpeall an Owl's Head agus ansan tháinig na céanna ina radharc agus iad ag gobadh amach ins an Bay Ridge Channel. Seana-fhallaí a bhí clúdaithe le caonach is le clúmh liath, áit ná téadh éinne a thuilleadh chun calaidh. Bhí céanna Nua-Eabhrac fágtha mar sin, agus iad ag imeacht chun donais, le tamall aimsire, san áit sin. Bheadh costas ró-árd ag baint le cóir a chuir orthu tar éis na mblian agus théadh formhór an loingis isteach i New Jersey nó i gcalaphort éigin eile. Mar sin bhíodh fuíollach spáis saor ann i gcónaí, go háirithe ar an mbruach clé, áit a raibh céanna agus iad geall leis tréigthe ar fad agus a bhféadfá áit chomh ciúin agus ba mhaith leat a fháil. Tháinig guth leanúnach, grágach chuige ar an raidió-teileafón fé mar a bheadh sé curtha ar téip.

"Casaig' amach chun farraige. Trí mhíle amach ar a laghad. Casaig' amach chun farraige."

Mhúch an Captaen Schiappacasse an gléas ach ag an am gcéanna san bhí bád ag tosnú ar theacht amach ag déanamh orthu ón U.S. Coastguard Station a bhí i gcuid eile den bhá.

"Ní éireoidh linn é dhéanamh," arsa Burlando agus é fós mílítheach go maith. "Cuirfead geall cupáin caifé leat ná héireoidh linn."

"In ainm an mhí-áidh," arsa Schiappacasse, "caith uait é mar scéal. Cuirimís geall gloine *grappa* air ar a laghad," agus ansan labhair sé leis an bhfear stiúrach, Bartolo. "Cas isteach chun calaidh ag an gcéad ché a thagann linn. Ansan, féach, cé uimhir a 2, tá bád ansan cheana féin. Ní dócha go leofaidh siad aon rud a rá linn. Cas an *Rosina B* sa treo san. Casadh *waltz*. Go breá. *Adagio*, go mall anois, go mall. Go deas réidh i gcoinnibh an ché."

Dhein an seana-bhád iompair mar a hiarradh uirthi arís eile. Dhein sí casadh mór agus d'iompaigh sí a tosach i dtreo lár na bá a bhí tréigthe agus ansan, agus í ag caitheamh an chúir in áirde, thosnaigh sí ag cúlú go mall, go mall. Bhí Schiappacasse cromtha i ndeiridh an bháid.

"Sin é! Tánn tú ag déanamh go breá mar sin, a Bhartolo, mo ghraidhin tú! Cúlaigh leat mar sin. Níos moille, *più adagio* in ainm Chroim! Bog breá; an chómhacht is lú anois ar eagla go mbuailfimís an falla."

Bhí an cé geall leis i raon an chábla. Bhí bád na bpóilíní ina stad faid áirithe uathu. Bhí na hoifighigh ag faire trés na fadradharcáin agus iad ullamh chun teacht i gcabhair orthu dá dtárlódh aon mhíthapa.

Agus é ag breith ar a bhfalla, chun an fhaid a thomhas níos fearr, lean an Captaen Schiappacasse air go himpíoch.

"Téir go mall anois. Féach, tabharfad duit an ghloine *grappa* a bheidh á fháil agam ó Bhurlando. Anois tánn tú ana-cheart. An beagán is lú anois..."

Ní thárla fiú an teangmháil ba lú. Bhí an *Rosina B* mar a bheadh sí tar éis a hanál deiridh a leigint aisti. Bhí sí ceangailte le cé, ina stad agus gan fiú an cor ba lú aisti. Bhí...agus bhí sí buailte suas, leis, leis an bpríosún ina raibh Juventus á gcoimeád ag na ropairí.

9. *Chun Gnímh!*

"Tá sé a 20 a chlog, a bhuachaillí, tá sé in am bídh anois," arsa Vycpalek, "ach i dtosach caithfimíd an *aperatif* a ghlacadh. Éiríg' ar bhur gcosa. An bhfuil sibh go léir anso?"

Bhí imearthóirí Juventus, toisc oíche agus lá a bheith caite acu sa phríosún, tar éis tosnú ar ghleacaíocht a dhéanamh sa dorchadas, san áit sin a bhí múchta le teas agus gan fhios acu cad a bhí i ndán dóibh. Ach an ghleacaíocht amaideach san, a bhí órdaithe dóibh ag an dtraenálaí, thosnaíodar ag baint taitnimh as tar éis é a dhéanamh dhá uair nó trí mar spórt, mar chruthú ná raibh deireadh fós leo. B'í an ghleacaíocht san an t-aon cheangal amháin a bhí fágtha acu leis an saol lasmuigh, a rabhadar féin páirteach ann go dtí an lá roimis sin.

"Sínig' bhur ngéaga in áirde go fuinniúil. Ansan tugaig' anuas go híseal laistiar díbh iad mar seo," agus thosnaigh Vycpalek ag casadh na ngéag go fuinniúil amhail is dá mbeadh gach éinne ábalta é fheiscint. Lean na buachaillí é agus ansan tháinig an dochtúir agus an bheirt *masseurs* isteach ina dteannta. Ba ghá dóibh súd, chomh maith, a bhrath ná rabhadar tréigthe, go raibh rud éigin i ndán dóibh. "*Uno, due, treeeeee*, a haon, a dó, a tríííí," a deireadh Vycpalek agus smacht ina ghlór gur ghéill gach éinne do.

Ní raibh le clos sa dorchadas ach na hórdaithe, fothrom na ngéag ag dul siar is aniar, agus ansan, nuair a thosnaigh na hórdaithe ag éirí níos tapúla, análú trom na bhfear a bhí ag déanamh na gleacaíochta.

Tháinig ina dhiaidh san cleachtaí a lean ar feadh deich neomataí nó mar sin agus ansan chualathas guth Altafini á rá:

"An dtabharfair go dtí an phictiúrlann sinn ina dhiaidh so?" agus thosnaigh gach éinne ag gáirí agus d'éiríodar as an ngleacaíocht.

Mar luach saothair bhí cead acu baint leis an ndeoch a bhí fágtha. Do bhí ann mianraí, sú oráiste agus Coca-Cola, ach bhíodar go léir éirithe bog-the agus níor bhaineadar an tart díobh. Ní raibh aon rud fágtha le déanamh ansan ach síneadh siar ar an urlár agus fanúint ansúd sa dorchadas.

Fanúint, cad leis? Níor le saoirse é ar aon chuma. Ní rabhadar ina bpríosúnaigh ach le 24 huaire an chloig, ní fhéadfadh sé go mbeadh an éiric iarrtha agus díolta cheana féin. D'fhanadar ansan mar sin agus gan fhios acu cad a bhí i ndán dóibh agus gan fiú a fhiafraí díobh fhéin cathain a bheadh deireadh leis go léir.

Timpeall a 21 a chlog tháinig solas na tóirse arís agus chualadar na coiscéimeanna agus tháinig fir go raibh *balaclavas* orthu ina radharc. B'iad an bheirt a thug cuairt orthu cheana iad agus arís thugadar leo ciseán lán de bhia agus de bheatha ach an babhta so bhí an tríú duine ann agus masc air siúd chomh maith. Ní raibh geansaí ná *jeans* air mar a bhí ar an gcéad bheirt, bhí culaith liath á chaitheamh aige agus chuaigh solas ón dtóirse ar a charbhat uair amháin. Carbhat suaithinseach a bhí ann ar a raibh línte bána is gorma, agus biorán go raibh péarla ann a bhí á cheangal dá léine bhán íon. Ní fóláir nó b'eisean an captaen nó duine des na captaein mar sheas an bheirt eile siar chun leigint do taitneamh a bhaint as an radharc.

Bhí cúpla neomat ciúnis ann. D'fhéach na himearthóirí ar an bhfear beag go raibh an masc air. D'fhéach an fear beag go raibh an masc air ar na himearthóirí. Ansan labhair an fear. D'fhuaimnigh a ghuth beagáinín doiléir, amhail is dá mbeadh an *balaclava* dubh á mhúchadh.

"Tá ana-áthas orm mianach álainn *dollars* a fheiscint," arsan guth. "'Bhfuil sibh go léir in bhur sláinte? Tá sibh go léir ullamh don chluiche mór, nach fíor?" Dhein sé gáire beag fonóideach,

"ach tá an cluiche is fearr á imirt agamsa agus ní gá domhsa bheith ag tabhairt ciceanna do liathróid. Fanaig' socair a bhuachaillí, fanaig' go léir go breá socair; ní tharlóidh aon rud díbh. Tá bhur gceannairí sásta díol agus díol láithreach. Mar sin, scarfaidh siad san leis na *dollars* agus scaoilfear sibhse amach."

"Is dóigh liomsa go bhfuil an cladhaire seo beagáinín súgach," arsa Salvadore i gcogar le Morini a bhí ina luí taobh leis. "Dá léimimís in áirde air..."

"Gheobhaimís go léir rúisc piléar sa cheann... Féach an bheirt eile acu," arsa Morini go ciúin.

Bhí an bheirt eile agus meaisínghunnaí i bhfearas acu, iad dírithe ar na himearthóirí agus ullamh le húsáid.

"Raghaidh sibh amach láithreach, a bhuachaillí," do lean an fear beag air, "nó ar a laghad sin é atá á thuar agam ar mhaithe libh fhéin. Muran é sin é úsáidfear an clóraform arís ach an babhta so ní dhúiseoidh sibh in aon chor. An dtuigeann sibh cad tá á rá agam?"

Thuigeadar go hana-mhaith, gan amhras, ach níor chaith éinne aon mhasla ná aon mhallacht leis. Bhí dóthain céille acu leigint do a chuid cainte a chríochnú. Sea, bhí an fear so, ón slí ina raibh sé ag caint, beagáinín súgach nó chomh deimhnitheach san de féin go raibh sé ceanndána, agus ansan bhí an dá ghunna san ann...

Bhí an fear beag, go dtí san, agus a lámh laistiar dá dhrom aige. Go hobann thaispeáin sé a lámh agus rud éigin a bhí ag glinniúint ar a bhais.

"Féachaig' air seo, a bhuachaillí, tá seod anso againn. An bhfuil a fhios agaibh cad é féin? Níl. Bhuel, fanaig' neomat is éistig'."

Bhrúigh sé an cnaipe agus láithreach, amach as an dtéipthaifeadán beag, tháinig guth garbh.

"80 milliún, ní gá go mbuafadh Atletico. D'fhéadfainnse leigint do chúl amháin dul isteach..."

Sa chiúineas marfach bhí na focail diamhaire sin ag titim mar a bheadh meáchaint mhór ann ar aigne na n-imearthóirí agus iad tré chéile. Ba léir go raibh an fear beag ag baint taitnimh as a raibh á chlos aige mar d'árdaigh sé an téipthaifeadán go dtína chluais. Chroith sé é mar a bheadh clog ann agus chuimil é leis an láimh eile, ansan bhrúigh sé an cnaipe go pras agus stad sé é.

"Thuig sibh é sin, nár thuig? Bhí duine éigin a d'iarraidh an cluiche le hAtletico a cheannach! Cé fhéadfadh a bheith i gceist? Juventus gan amhras. Ní fhéadfadh aon mhíniú eile a bheith air."

D'imigh sé leis ansan agus é ag scigmhagadh agus lean an bheirt eile é. Níorbh fhada go raibh gach rud dorcha arís.

"Cá bhfuil an barra iarainn sin a fuaireamair ó chianaibh," d'fhiafraigh Battega, "t'rom é, agus an chéad uair eile a thagann sé déanfadsa an bastard a chriogadh."

Bhí an chuid eile ina dtost. An féidir gur dhein Juventus iarracht an cluiche le hAsunción a cheannach? Cé fhéadfadh bheith i gceist? Níor fhéadadar é thuiscint. Arbh fhéidir go raibh caimiléireacht éigin ar siúl leis an dtéip?

"Ní mór dúinn éaló as an áit seo," arsa Salvadore. "An é ná tuigeann sibh fós go bhfuilid a d'iarraidh fáil réidh linn? Ná déanfaid sinn a shaoradh fiú amháin ar 30,000,000,000,000 *lira*? Cad is fiú dóibh sinn a shaoradh chomh luath agus a bheidh an éiric ina lámha acu? Táid ár gcoimeád inár mbeathaidh go dtí go mbeidh na dollaeirí fachta acu ar eagla go gcaithfidís cruthúnas a chur ar fáil go rabhamar fós beo, ach ansan..."

Chríochnaigh sé an frása agus é geall leis ag gol.

"Óm' thaobhsa de tá'n ceart ag Salvadore," arsa Vycpalek go réidhchúiseach. "Má fhanaimíd anso, luath nó mall déanfaidh siad tuilleadh clóraform a chaitheamh isteach chughainn agus iompróidh siad leo sinn agus déanfaidh siad sinn a chaitheamh go doimhin san abhainn agus málaí suiminte ceangailte dár gcosa. Má fhanaimíd anso gheobhaimíd bás mar a bheadh lucha ann. Caithfimíd sinn fhéin a chorraí, a bhuachaillí, tá a lán againn ann agus táimíd láidir. Cuirimís ár smaointe le chéile, deinimís liosta des na rudaí atá fachta againn istigh anso a bheadh ina gcabhair dúinn."

Ní raibh mórán acu: barra iarainn a bhí déanta cosúil le luamhán, cábla caol a bhí tuairim is triocha méadar ar fhaid agus na buidéil bheaga dí. Faic eile ach amháin a gcuid matán. Ní raibh mórán smaointe ina gceann acu ach chomh beag. Dhealraigh sé go raibh an dorchadas iomlán, ina rabhadar á gcoimeád, tar éis parailís a chur orthu.

"Éistig'," arsa Salvadore arís, "níl a fhios againn fiú amháin cad é an crot atá ar ár bpríosún. Dealraíonn sé domhsa go bhfuilimíd fé bhun an dama i lárionad leictreach, mar ó am go chéile cloisimíd creatháin aite. Déarfad rud amháin libh. Tá's againn cad tá ar dheis ón ndoras trína dtagann na fir sin agus na gunnaí acu, ach ní féidir dul amach mar sin mar go bhfuilid san ann, ach níl a fhios againn cad atá ar clé. D'fhéadfadh sé go bhfuil sórt pasáiste ann a théann síos ansan agus go bhfuil doras ina bhun. D'fhéadfadh sé go bhfuil oscailt de shaghas éigin thuas in áirde. Go mear, a Furino agus a Spinosi, tógaig' an barra iarainn agus an cábla agus imímís. Ná deinig' fothram."

Chuaigh Salvadore rompu agus lean an bheirt eile é agus lámh acu ar ghualainn a chéile mar a bheadh daoine dalla ann. B'iongantach an radharc iad dá mbeadh éinne ábalta iad fheiscint. Ach ní raibh. Bhí an áit chomh dubh le pic!

Chas an triúr acu ar clé go cúramach. Sea, bhí pasáiste dorcha ag dul síos an treo san chomh maith. Shíneadar amach a ngéaga i dtreo na láimhe deise i gcoinnibh an fhalla miotail shleamhain agus leanadar orthu ag dul ar aghaidh. Leanadar orthu tuairim is fiche coiscéim agus cheapadar ná raibh aon deireadh leis ach ansan tháinig Salvadore chomh fada le falla ag deireadh an phasáiste, agus b'éigean do stad. Chríochnaigh an pasáiste nó pé rud é san áit sin.

Ní bhfuaireadar aon rud, ach d'fhág san go raibh rud eile fós le déanamh acu. Bhí a fhios acu go dtí so go dearfa ná raibh aon rud ag gobadh amach ná ag gobadh isteach ar aoirde fir. Bhíodar tar éis é sin a fhiosrú agus iad ag brath na bhfallaí lena lámha. Ní raibh scoilt ná scriú ann go bhféadfaidís é a shamhlú mar oscailt mura mbeadh sé dúnta go daingean. Ba ghá scrúdú a dhéanamh ar an gcuid uachtarach des na fallaí chun a fháil amach an bhféadfaidís teacht ar aon oscailt in áirde lastuas d'aoirde fir.

"Éistig' anois, a bhuachaillí," arsa Savadore i gcogar, "déanfaimíd pirimid daonna anois mar a dheinimís fadó cois mara nuair a bhíomar inár leanaí. Raghadsa ar bun, raghaidh Spinosi ar mo ghuailnibh agus raghaidh Furino ar ghuailnibh Spinosi. Glacaig' go réidh é agus deinig' iarracht ar bheith chomh héatrom agus is féidir libh a bheith. Raghadsa ar aghaidh go mall, fanfad cois an fhalla i rith an ama agus mé ag gluaiseacht thar n-ais go dtí an áit ónar thosnaíomar. Is féidir linn é a ghlacadh go réidh inár gcuid oibre mar ní thiocfaidh an dream mallaithe sin ar cuairt chughainn arís go ceann tamaill. D'fhéadfadh sibh leanúint oraibh ag cur bhur lámh ar an bhfalla thíos agus thuas agus abraig' liom é má thagann sibh ar aon rud."

Thosnaíodar, Spinosi ar ghuailnibh Salvadore, Furino ar ghuailnibh Spinosi; agus sa tslí sin ní fhéadfadh aon rud éaló orthu, suas chomh hárd le sé méadair ar a laghad. Thug

Salvadore foláireamh dóibh agus thosnaigh ag bogadh leis ar dheis. Leanadar orthu mar sin agus iad go dlúth leis an bhfalla agus ní raibh an bheirt chomh trom in aon chor agus a cheap Salvadore a bheadh. An fhaid is ná tiocfadh na fuadaitheoirí sin agus tóirse leictreach mallaithe acu!

"Aidhe," arsa Furino i gcogar, "stadaimís anso neomat. Braithim rud éigin fém' mhéireanna." Láithreach bonn stad an bheirt eile. "Sea. Dhealródh sé go bhfuil clúdach anso atá ar aon líne leis an bhfalla, é déanta de mhiotal agus é cruinn. Tá scriúanna ann. Dhealródh sé, in áit amháin, go bhféadfaí é árdú le luamhán."

"B'fhéidir nach aon chabhair é," arsa Salvadore i gcogar, "ach caithfimíd é thriail." Shín sé an barra iarainn in áirde. "Seo, a Luciano, tabhair é seo do Furia."

Thosnaigh Furino ag útamáil. Ó tharla go raibh sé ar ghuailnibh a chompánach ní raibh sé ábalta mórán nirt a úsáid ach bhí sé le clos ag análú go trom agus ag puthaíl agus ansan ag mallachtú agus ar deireadh thiar chualathas buille caoch.

"Sea, tá scriú tar éis teacht amach dom. Tá'n t-ádh orainn, táid chomh sean leis na cnoic agus tagaid amach go fuirist. Anois triailfead na cinn eile. An féidir leat é a sheasamh, a Sandro?"

D'fhéadfadh Salvadore cur suas leis ar feadh cúpla uair an chloig, bhí sé chomh díograiseach san é a sheasamh. Bhraith sé an t-allas ag rith anuas ina shruthaibh ar a ucht nocht agus cosa Spinosi ag céasadh a ghuailne ach d'fháisc sé a fhiacla ar a chéile agus chuir sé ina choinnibh. Ní ghéillfeadh sé fiú amháin dá bhfaigheadh sé bás ar an dtoirt.

Tar éis tamaill ana-fhada ar fad chualadar 'cronc' eile, a bhí chomh láidir san gur leig Spinosi mallacht as trína fhiacla.

"Ó, in ainm Chroim má chloiseann an dream san sinn..."

Ach ní bhfuair sé mar mhacalla air sin ach guth lag a bhí lán de sceitimíní – guth Furino.

"A bhuachaillí, tá an tarna sciú imithe chomh maith. Anois is féidir dom an luamhán a úsáid ar an gclúdach agus iarracht a dhéanamh ar é oscailt. Seasaig' go teann ansan tamaillín beag eile. Sin é anois é, tá sé ag éirí. Éirigh in áirde, a bhastaird!" agus ansan tar éis tamaill eile osnaíola múchta, "Á-á, tá agam anois, anois is féidir liom mo cheann a chur amach. A bhuachaillí, tá aer úr ann. Braithim cosúil le h*astronaut* ag teacht amach as a chapsúl."

Bhí na súile dúnta acu agus a n-éadan brúite i gcoinnibh an fhalla miotail agus iad ag guí le lán a nirt, Salvadore agus Spinosi ag fanúint le freagra a gcompánaigh.

"Ní fheicim faic," arsa Furino, "caithfidh mo shúile dul ina thaithí, é sin nó tá sé chomh dorcha ar an dtaobh thall agus atá sé anso. A thiarcais, ná habair gur príosún eile é. "D'imigh cúpla soicind, ansan: "Sea, anois chím rud éigin. A bhuachaillí, tá sé go hiongantach. Tá radharc ón bhfuinneoig seo ar an ndomhan mór. Tá soilse daite i bhfad uainn ach díreach ós ár gcómhair amach tá falla dorcha ollmhór. Sin é an fáth ná rabhas ábalta aon rud d'fheiscint i dtosach. Sea, falla. Ó, a bhuachaillí, an bhfuil a fhios agaibh cá bhfuilimíd? Is long é ár bpríosún agus tá ceann eile anso díreach ós ár gcómhair amach..."

10. I gCoim Mhairbh na hOíche

Shleamhnaigh Tadhg Ó Treasaigh na lámhainní míne rubair air. Las sé an lampa bídeach póca agus chuir sé an eochair isteach i bpoll na heochrach. Bhí an glas ana-shimplí, b'é an saghas é nár ghá ach casadh amháin chun é oscailt. Bhí sé sin, áfach, nuair a chuimhneofá air, ina abhar buartha mar chiallaigh sé go raibh an t-úinéir tar éis bac de shaghas éigin eile a ullmhú ar an dtaobh istigh mar chosaint in aghaidh éinne a bheadh ag tabhairt cuairte air gan chuireadh. Ach thuig an póilín conas é fhéin d'ullmhú don chontúirt sin chomh maith.

D'oscail an glas do gan fothram dá laghad geall leis, agus bhí Ó Treasaigh istigh. Dhún sé an doras go deas réidh taobh thiar de.

D'fhan sé gan cor as i gcoinnibh an fhalla agus é ag fanúint go dtí go raghadh a shúile i dtaithí an dorchadais mar bhí a chiall nádúrtha tar éis a chómhairliú do an tóirse a mhúchadh agus é ag dul isteach. Ar ámharaí an tsaoil ní raibh na dallóga tarractha anuas ar na fuinneoga agus bhí soilse na gcómharthaí poiblí amuigh ag teacht isteach trés na cuirtíní. Bhí scríbhínní ildathacha ar na *skyscrapers* a bhí ós a chómhair amach agus iad ag tabhairt poiblíochta don seó taibhsiúil, *West Side Story*. Bhí na splanncanna solais, dearg agus buí, ag déanamh uainíochta ar a chéile is iad ag teacht isteach san oifig. Ba léir do Ó Treasaigh go raibh sé in oifig an rúnaí: bhí a dó nó a trí de chló-scríobháin ann, seilfeanna agus lampa búird.

Las sé an lampa beag cómhachtach arís agus dhírigh sé an solas ar an bhfalla agus chuardaigh, féachaint an bhfeicfeadh sé gléas coiscithe gadaithe. Bhí sé fuirist do an t-eolas d'fháil; ní raibh mórán cómhlachtaí ann a dheineadh na gléasanna beaga san agus bhíodar san go léir ana-shásta cómhoibriú leis an mbleachtaire clúiteach. Bhí go deimhin, boiscín ar dheis an dorais, beagán ós cionn an chairpéid, mar a bhí ráite leis ag teicneolaithe an chómhlachta 'Protective Devices'. Ghearr Ó Treasaigh sreang le buille mear dá scian phóca agus sa tslí sin chuir sé an t-aláram as feidhm.

Threasnaigh Ó Treasaigh an oifig sin gan an beagán ba lú fothraim a dhéanamh, agus d'oscail an doras tathagach a bhí ar an dtaobh thall. D'aithin sé láithreach go raibh sé tagaithe san áit a bhí uaidh. Istigh sa tseomra eile bhí gach cómhartha ann gurbh le duine tábhachtach é. Bhí braisle bláthanna úra sa chúinne, bhí bórd ollmhór ann, pictiúirí de scríbhneoirí nua-aimseartha ar na fallaí agus bailiúchán grianghrafanna.

Dubhairt Ó Treasaigh leis fhéin arís go caithfeadh sé dul i muinín na ngrást chun a bheartú cár cheart do tosnú. Bhí taisceadán airgid taobh leis an bhfalla agus é ceilte go cliste i gcorpad ón seachtú céad déag. Bheadh sé deacair tosnú leis sin, ach b'fhéidir nár ghá tosnú leis. Ní raibh Ó Treasaigh ag cuardach airgid ná cáipéisí rúnda, bhí sé ag cuardach rudaí eile ar fad. Bhí sé ag lorg páipéirí a measfadh daoine eile ná raibh aon tábhacht in aon chor leo, leathanaigh a thabharfadh leid éigin do.

Thosnaigh sé leis na tarraiceáin sa bhórd, é ag obair leis go mear agus ag déanamh deimhin de ná déanfadh sé aon ghleo. Tharraing sé as a phóca carn eochracha, ach mar go raibh an glas a bhí ar an dtarraiceán mór uachtarach deacair a oscailt, b'fhearr leis é a bhriseadh le luamhán, rud a dhein. Is beag a fuair sé sa tarraiceán: páipéar scríbhneoireachta, bosca conarthaí, seana-ghrianghrafanna, féilirí a bhí díreach chomh sean. Nárbh ait an rud é go bhféadfadh fir ghnótha a bhí chomh héifeachtach san a cheadú go mbeadh oiread san rudaí gan mhaith bailithe acu ins na tarraiceáin?

Maidir leis an ndara tarraiceán thíos ar dheis, a bhí níos lú, fuair sé graiméar Spáinnise ann, rud a chuir iongantas air, leabhar beag nótaí ina raibh coinní, a lán gearrthóg as páipéirí nuachta agus iad curtha le chéile go cruinn ina mbeart. Chuir sé sin moill ar Ó Treasaigh mar an rud a bhí á chuardach aige, d'fhéadfadh sé bheith i bhfolach idir cháipéisí ná beadh aon tábhacht leo. Tháinig aiféala air ansan ná raibh sé, ar a laghad, tar éis a sheana-chara, Sam, a thabhairt leis chun an cuardach a bhrostú, ach chomh mear céanna dubhairt sé leis fhéin, mar is gnách, go gcruthódh na torthaí an nath ba rogha leis, is é sin: "Chun go n-éireodh leat, dein féin an obair". Lean sé air go foighneach. Ní raibh sé ró-dhéanach ar ámharaí an tsaoil. Bhí roinnt uaireanta an chloig ama roimis fós.

Bhris sé an glas ar an dtríú tarraiceán. Istigh ansan bhí clúdach mór buí. D'fhéach sé nua agus ba léir ná raibh mórán láimhseála déanta air. Ní raibh séala air agus d'oscail Ó Treasaigh é ach chuir a bhfeaca sé díomá air. Ní raibh aon rud tábhachtach ann, ar a laghad ní raibh aon rud ann go raibh baint aige le himeacht Juventus gan choinne. 'Sé a bhí istigh sa chlúdach ná pictiúir de sheana-loing iompair, leathanach ar a raibh ana-chuid sonraí, agus cóip de chonradh go raibh a bhunchóip curtha isteach sa bhanc is dócha. D'fhéach Ó Treasaigh ar dháta an chonartha, 'sé sin an dáta ar ar ceannaíodh an long, an fichiú lá d'Aibreán. Bhí deireadh an Mheithimh anois ann. Faic, mar sin; ba léir go raibh dul amú air. Bhí sé ar tí tabhairt fé tharraiceán a bhí i gcuid eile den bhórd ach dhírigh sé é fhéin de gheit. Bhí sé tar éis a bhrath go raibh duine éigin ag teacht isteach, go raibh an té sin ag gluaiseacht sa tseomra taobh leis.

Níor bhac sé fiú amháin leis an lampa beag póca a mhúchadh. D'oir sé do a leigint air ná raibh aon rud tugtha fé ndeara aige. Dá bhrí sin d'fhan sé cromtha ós cionn an bhúird agus a dhrom leis an ndoras amhail is dá mbeadh sé ana-ghnóthach ar fad, ach idir an dá linn, mar a bheadh cleas draíochta ann, tháinig scáthán beag go hobann isteach ina láimh chlé. Choimeád Ó Treasaigh é sin dírithe ar an ndoras. Sa tslí sin, gan casadh timpeall, bheadh sé ar a chumas a fheiscint cé bhí ag teacht isteach.

Go hana-mhall ar fad, gan fiú díoscán, d'osclaíodh an doras. Agus é cromtha thar an scáthán beag, chonaic Ó Treasaigh fear, ar feadh soicind, fé sholas luaineach na gcómharthaí poiblí móra. Duine ná feaca sé riamh cheana. 'Sé is dóichí ná raibh ann ach feighlí na hoifige, ach bhí méid ollmhór ann, *gorilla* an t-ainm ab oiriúnaí chun cur síos a dhéanamh air, ach rud ba mhó ná san a chuaigh i bhfeidhm ar Ó Treasaigh ná go raibh piostal aige agus é dírithe air.

Ghluais Ó Treasaigh ar luas lasrach. Gan casadh in aon chor do leig sé don scáthán beag titim, rug sé ar chois ar chathaoir throm agus chuir ag seoladh treasna an tseomra í. Bhuail an t-urchar an *gorilla* go cruinn agus do leag. Ansan chuaigh Ó Treasaigh in áirde air d'aon léim amháin, d'fháisc sé na lámha timpeall ar a scórnaigh agus d'fhág é gan cor as. Chonaic sé sa leathdhorchadas súile an duine eile á impí air a bheith trócaireach. D'ainneoin go raibh dealramh bagarthach air, bhí an chuma air ná raibh sa bhfear ach feighlí agus go raibh sé tar éis éirí as an dtroid láithreach nuair a baineadh dá bhonnaibh é ag an ionsaí. D'fhanadar mar sin, duine in áirde ar an nduine eile ar feadh cúpla soicind, ansan d'éirigh Ó Treasaigh. Ina láimh aige bhí, mar a bheadh draíocht arís ann, piostal an *ghorilla*.

"D'fhéadfá éirí id' sheasamh, a chara, ach ná bíodh aon chleasaíocht agat. Dealraíonn sé dom go bhféadfadh an bréagán so poill a dhéanamh a bheadh cuibheasach tinn."

D'éirigh sé ina sheasamh go tútach agus d'fhan sé ag féachaint ar an bpóilín agus sceon ina shúile. "Níor theastaigh sé sin uaim, *damn it*," arsa Ó Treasaigh tréna fhiacla, "Cad a dhéanfad leis anois?" Muna n-éiríodh leis aon eolas fiúntach d'fháil as a chuid cuardaigh san oifig bheadh sé i sáinn. Príomh-phóilín Mheirice agus beirthe air agus é tar éis briseadh isteach in áit. Faid a bhí na smaointe sin ag rith tréna aigne bhuail an teileafón. Sa chiúineas iomlán bhí cling an teileafóin ana-ghéar. Dhein Ó Treasaigh cómhartha leis an bhfeighlí leis an bpiostal.

"Árdaigh é agus freagair. Abair rud éigin ach gan aon phleidhcíocht a bheith ann. Tá súil á choimeád agamsa ort."

Nuair a chonaic sé an feighlí ag árdú an ghlacadóra d'árdaigh Ó Treasaigh glacadóir an teileafóin a bhí ar an mbórd eile taobh leis. Bhí an dá ghléas ceangailte dá chéile.

"Sea?" arsa an feighlí.

Bhí guth an fhir ar an dtaobh eile den sreang ana-shuaite.

"Mallacht air. Tá cailín eile ann. Tá sí tar éis teacht go dtí uimhir a dó." Ansan stad sé agus amhras air. "*Eh*? An gcloiseann tú mé?" Chualathas ansan clic an ghlacadóra. Bhí sé tar éis é chrochadh suas.

Ach ba leor an cúpla focal gairid sin chun gach rud a thabhairt chun léire in aigne Uí Threasaigh agus chuaigh an píosa deireanach des na míreanna mearaí ina áit féin. B'shin é an píosa a cheangail an long a ceannaíodh le déanaí leis na focail "go dtí uimhir a dó." Má sea, bhí gach rud soiléir. Níor nós leis amadán a thabhairt air féin ach an babhta so, don chéad uair agus don uair dheireanach tháinig sé ana-chóngrach do. Seana-long a ceannaíodh le déanaí, Juventus imithe gan tásc gan tuairisc, uimhir a dó, bhí gach uile rud ag teacht le chéile mar a bheadh i gcluiche 'Foighne'.

"Dheinis an méid sin go maith, a chara," ar seisean agus é ag casadh chun an fheighlí go raibh mearbhall fós air, "chomh maith san go deimhin go bhfuilim chun post a thabhairt duit anso."

Le gluaiseacht den phiostal chómharthaigh sé do dul in aice na fuinneoige, ansan chuir sé glas lámh air agus cheangail é den teasaire.

"Gaibh mo leathscéal," arsa Ó Treasaigh arís. "B'fhéidir nuair a bhíonn tú id' chodladh go mbíonn tú ag sranntarnaigh. Is fearr gan éinne a dhúiseacht má theastaíonn uait codladh go sámh." Thóg sé pacáiste amach as a phóca agus thóg sé piolla amach as san. Chuir sé an piolla i mbéal an fheighlí agus chuir séaladh ar a bhéal. "Beidh gach rud níos fearr amáireach. Slán agat agus go raibh míle maith agat. Gaibh mo leathscéal as tú a bhualadh sa cheann leis a gcathaoir ach ní raibh aon leigheas agam air."

Amach an doras leis agus dhún ina dhiaidh é. Bhí urlár na talún tréigthe. Neomat ina dhiaidh san amach leis as an *skyscraper* ar 7th Avenue agus chuaigh sé ag cuardach tí tábhairne. D'fhéadfadh an long fanúint. Bhí beirthe amuigh ar na fuadaitheoirí agus is dócha go rabhadar san, agus fuadar fúthu, a d'iarraidh rud éigin a bheartú. Is beag a fhéadfaidís a dhéanamh in uair an chloig.

Ach ní raibh Ó Treasaigh róshiúrálta de fhéin, rud a thárlaíodh do go hannamh. B'fhéidir go raibh sé de cheart aige léimt isteach i ngluaisteán agus dul go pearsanta go Boniperti lena scéala. Ní hea, bheadh an turas san ró-fhada, b'fhearr glaoch teileafóin. Ach, aililliú, bhí gutháin tí ósta 'Cannizzaro' fé smacht ag na bithiúnaigh i míle slí éagsúil. Ní fhéadfadh sé muinín a bheith aige astu. B'fhearr a iarraidh ar Bhoniperti bualadh leis *down-town* agus leathscéal éigin a chumadh, a chuirfeadh breall ar na héisteoirí rúnda... Dhéanfadh beoir úr a chuid smaointe a shoiléiriú do. Ag cúinne 7th Avenue agus 45th West chuaigh Ó Treasaigh isteach san 'Astor'. Bhí an freastalaí ina chara ag Ó Treasaigh. Bhí cúpla focal aige leis agus ansan tháinig smaoineamh iongantach ar fad chuige.

Chodlaíodh Boniperti go héatrom: an oíche sin bhí a chodladh ana-éatrom agus lán de thromluí. Mar sin, nuair a bhuail an teileafón, phreab sé agus rug sé ar an nglacadóir agus do fhreagair.

"Is mise Ó Treasaigh, *very sorry*, ana-chathú orm tú dhúiseacht."

"Ó, bhíos im' dhúiseacht," arsa Boniperti agus é ar bís, "an bhfuil rud éigin nua ann?"

"Is fearr go bhfeicfimís a chéile láithreach, tá rud ana-thábhachtach fachta amach agam. Táim san 'Astor' agus beidh sé sin ar oscailt ar feadh na hoíche. Deirim arís gur cheart duit teacht ag triall orm láithreach."

"Cad tá tar éis tárlú?" arsa Boniperti arís. Bhí sé tréna chéile ann féin mar bhí an póilín a d'iarraidh teachtaireacht éigin a thabhairt do agus bhí sé á fhiafraí de fhéin cad 'na thaobh nár nocht sé a smaointe. "Nach féidir leat aon rud a rá liom ar an nguthán?"

"I láthair na huaire níor thárla aon rud ach d'fhéadfadh go dtárlódh. Is amhlaidh atá rud fachta amach agam. Caithfimíd dul go *Number Two*, club oíche áitiúil, chun go bhfeicfimíd cé hí an cailín atá tagaithe."

Chuimil Boniperti a éadan lena láimh. "Cailín? I gclub oíche áitiúil?" Cad é an rud ait é seo a bhí á rá ag Ó Treasaigh?

Ansan bhuail sé é ná raibh aon am le cailliúint.

"Tá go maith, raghad ann. Bead ann i gceann uair an chloig. Beidh gluaisteán na bpóilíní á tiomáint ag duine a cheapann gurb é Fangio é," agus chuir sé síos an guthán.

D'fhéach sé ar a uaireadóir. Bhí sé a haon a chlog.

BHÍ 40 UAIR AN CHLOIG FÁGTHA GO DTÍ AN

CLUICHE *SUPER-FINALISSIMA* IDIR JUVENTUS AGUS ATLETICO.

Chuir Ó Treasaigh an guthán síos chomh maith agus cheadaigh sé gáire mór a dhein dhá leath dá aghaidh. Bí siúrálta dhe, éinne a chloisfeadh an glaoch san, ná féadfadh sé aon chiall chruinn a bhaint as. Ar a laghad mheasfadh sé, sin má bhí fhios aige mar gheall ar an nglaoch teileafóin tamaillín roimis sin san oifig, go raibh dallamullóg mór curtha ar Ó Treasaigh agus é ag dul go dtí club oíche agus é deimhnitheach de go bhfaigheadh sé eolas ar rud éigin. Go deimhin is go dearfa, d'féadfadh an long fanúint...

D'fhág sé an both agus chuaigh thar n-ais go dtí an freastalaí.

"Beoir eile, ceann cuibheasach lag, a Angelo, má 'sé do thoil é, agus cogar..."

"Sea, a uasail Uí Threasaigh?"

"Is maith leat an pheil? An pheil a imrítear san Eoraip atáim a rá. Tuigeann tú an sórt san a imrítear le liathróid peile?"

"Ó, táim craiceáilte ina thaobh san. Bhíodh mo dheartháir ag imirt mar chúl taca le Trapani, ach ní féidir liom teacht ar thicéadaí don chluiche mór Dé Domhnaigh. Táid go léir díolta."

"Ná cuireadh sé sin as duit, a Angelo, tabharfadsa dhá cheann duit mar bhronntanas ó Uachtarán Juventus. Imearthóir iongantach dob ea é féin tráth agus beidh sé anso sara fada."

11. Béarfam Bua!

Beagán ar bheagán chuaigh Furino ar aghaidh ar an gcábla caol agus é crochta deich méadar ós cionn íle na mara. Bhí basa a lámh á ghortú go huafásach. Bhí an cábla á ngearradh go doimhin agus dhealraigh sé go raghadh sé go cnámh. Chomh maith leis sin bhí ailt a chos á ngortú san áit a rabhadar timpeall ar an gcábla caol. Mar sin féin, lean sé air ar aghaidh agus é a d'iarraidh neamháird a dhéanamh dá phianta, mar is air siúd a bhraith slánú Juventus.

******

Nuair a fhill Salvadore, Furino agus Spinosi óna dturas fionnachtana feadh na bhfallaí istigh, chuir a gcompánaigh fáilte rómpu go dochreidthe. Bhíodar i loing? Ach conas? Long a bhí chomh do-chorraithe san? Gan dabht, long a bhí ceangailte le cé in áit a raibh an t-uisce ciúin. Pé creatháin a bhí ann ó am go chéile b'iad san a bhraitheadar.

Long, an príosún ab fhusa a fhéadfaí a fhaire. Í dúnta cosúil le tuama. Í dearmhadta taobh le cé folamh. Ach sa tuama so bhíothas tar éis scoilt a fháil a leigfeadh dóibh éaló amach go dtí an domhan mór lasmuigh. Nuair a fógraíodh go raibh Furino, agus é in áirde ar ghuailnibh Spinosi agus eisean ar ghuailnibh Salvadore, tar éis cómhla a oscailt, fáiltíodh roim an scéala san le sceitimíní do-chreidthe. D'óladar sláinte go hana-chiúin as na buidéil dheireanacha mianraí agus ansan i gcogar phléadar an cás. Gan amhras chaithfidís iad fhéin a shaoradh gan mhoill. Bhí an fharraige, nó ar a laghad Bá mhór Hudson, taobh leo agus d'fhéadfaidís leas a bhaint aisti. Ach an bhféadfaidís éaló amach aisti sin?

"Fanaimís go dtí an mhaidin nuair a bheidh sé 'na lá," a mhol Bettega, "gan dabht ar domhan beidh duine éigin timpeall na háite seo nó ar an gcé nó ar an loing eile. D'fhéadfaimís glaoch orthu ón bhfuinneoigín agus a rá leo fios a chur ar na póilíní."

"D'fhéadfadh sé gur smaoineamh maith é sin ach ní maith liom é mar sin féin," arsan captaen, Salvadore. "Cuimhníg' air: foireann iomlán Juventus agus gur leigeadar dóibh fhéin bheith ina bpríosúnaigh ag beirt ropairí ag a raibh gunna. Agus ansan gur fhanadar i ngaiste go dtí go dtáinig na póilíní chun iad a shaoradh. Ní hea, ní hea, ní maith liom é. Dhéanfadh sé sin ceap magaidh dínn go léir ós cómhair an tsaoil. 'Sé an rud a chaithfimíd a dhéanamh ná cur chuige sinn fhéin. Díreach mar a bheadh cluiche ann – mar an gcéanna. Caithimíd sinn fhéin a shaoradh, agus san sara fada nó ar a laghad sula ndeintear an éiric a dhíol agus 'sé is dóichí go bhfuil sé sin loirgthe cheana féin."

"Is fíor duit, is fíor duit," d'aontaigh Vycpalek. "Tá moladh le déanamh agamsa. D'fhéadfadh duine againn an cábla a thabhairt leis isteach san uisce agus dul timpeall ar an loing eile agus dul in áirde uirthi."

"Fóill ort, anois!" arsa Altafini ag cur isteach air, "cad a thárlódh muna mbeadh an dréimire beag fágtha ar crochadh acu? An gcaithfí fanúint san uisce ar feadh na hoíche? Ná féadfadh sé go bhfuil an bád so taobh linn chomh tréigthe lenár loing fhéin? Ní foláir nó tá an cé seo ann go speisialta do longa go bhfuil cómharthaí sóirt an bháis orthu."

Bhíodar ina dtost arís agus ansan labhair Morini.

"Tá sé agam. D'fhéadfadh duine againn dul díreach anonn, ní go dtí bun na loinge thall ach go dtína barr. Tusa a chonaic í, a Furino, agus cad é an fhaid uainn atá sí, an dóigh leat?"

"Níl sí níos mó ná 12 mhéadar go dtí 15 méadair uainn," arsa Furino.

"Mar sin déanfaimíd mar seo," arsa Morini, "greamóimíd an barra iarainn de cheann an chábla, raghaidh duine againn amach an fhuinneoigín agus caithfidh sé an barra in áirde ar an loing taobh linn. Ar an dtaobh is measa de déarfainnse go dtógfadh sé a trí nó a ceathair d'iarrachtaí sara ngreamódh an barra i rud éigin, n'fheadarsa cad é. Dréimire nó búrla rópa nó a leithéid. Ansan tarraingeoimíd an cábla. Raghaidh duine amháin againn ag dreapadh amach air go dtí an áit thall agus beimíd ag súil i rith an ama go mbeidh daoine sa bhád thall. Ní féidir liomsa aon réiteach eile a shamhlú."

Lean neomat ciúinis an méid sin. Bhí gach éinne ag machnamh. Ansan labhair Vycpalek mar a bheadh athair gaoismhear ann.

"Sea, ní fheicim aon rud mícheart leis sin. Is í an t-aon fhadhb amháin a chím ann, ná dá dteipeadh ar an iarracht go dtiocfadh an barra thar n-ais agus go mbuailfeadh sé taobh na loinge seo 'gainn-ne agus go ndéanfadh sé fothram chomh hárd san go dtiocfadh na ropairí anuas chun a fheiscint cad é a bhí ag tárlú."

"Sa chás san chaithfimís ar dtúis ár gcuid úirlisí a chur i bhfolach," a dúirt Salvadore, "sara dtagaidís. Ach chaithfimís é dhéanamh go mear."

"Caithfear mise a fhágaint amach as na cúrsaí seo," arsa Vycpalek, "Ó, ná ceapaig' in aon chor gur meatachán mé, níl ann ach go bhfuilim ró-ramhar chun dul amach tríd an bhfuinneoigín sin."

"Tá's againn," arsa Anastasi. "Cé hé an duine is tanaí dínn go léir?"

Níor ghá an cheist a chur. B'é Furino é.

Ghlac Furino leis, ach i dtosach ba ghá an cábla a chrochadh idir an long príosúin agus an long eile a bhí tagaithe aníos taobh leo. Ghreamaíodar an barra de cheann an chábla. Chuadar go hana-chúramach i dtreo na fuinneoige bige agus dheineadar pirimid daonna arís. Idir an dá linn bhí duine acu ag faire sa phasáiste ar eagla go dtiocfadh an solas creathach éatrom arís a chuirfeadh in iúil go raibh na fuadaitheoirí ag teacht.

B'é Morini, an té a bhí tar éis smaoineamh ar an bplean, a thriail an chéad chaitheamh agus é sínte amach tríd an oscailt chomh fada agus a d'fhéadfadh sé dul. Shrois an barra, agus an cábla ina theannta, an long thall ach níor theangmhaigh sé le haon rud ina bhféadfadh sé greamú agus d'fhill sé thar n-ais mar a bheadh crann tabhaill ann. Dhún Morini a shúile agus é ag feitheamh leis an bhfothram nuair a bhuailfeadh an barra i gcoinnibh thaobh na loinge ach mar a thárla ní raibh ann ach plab beag éatrom. Chuaigh an barra isteach san uisce sular bhuail sé an long agus ansan d'fhéad Morini é a tharrac aníos agus iarracht eile a dhéanamh.

"Bíodh san mar atá, chím rollaí rópaí," arsa Morini leis féin, "triailimís an chuid sin thall."

D'éirigh leis an dtarna hiarracht. Chuaigh an barra tríd an aer mar a raghadh slea. Lean an cábla é agus chuaigh sé i bhfastó ins na rópaí ramhra a bhí ar dhroichead na loinge agus d'fhan sé greamaithe ansan. Dhein Morini iarracht ar é a tharrac le lán a nirt ach chuir sé ina choinnibh. Léim sé anuas de ghuailnibh Spinosi a bhí ar ghuailnibh Salvadore.

"Anois, a Furia, is fútsa atá sé. Go n-éirí an t-ádh leat, a bhuachaill."

"Tabharfair do sheaicéad nua dom má éiríonn liom," do fhreagair Furino.

Bhí uair na cinniúna tagaithe. Thuig sé féin ná raibh sé ag dul sa tseans ró-mhór mar dubhairt sé leis fhéin ná raibh baol ró-mhór ann. Dá scaoilfí an barra raghadh sé thar n-ais mar a bheadh *pendulum* ann agus bhuailfeadh sé i gcoinnibh thaobh na loinge príosúin. Sa chás san chaitheadh sé a chosa a bheith amuigh aige agus na glúine lúbtha; sa tslí sin ní thárlódh aon rud ana-mhór do. Sa chás go mbeadh duine éigin á thabhairt fé ndeara ó lastuas agus ag bagairt air, d'fhéadfadh sé leigint do féin titim isteach san uisce agus dul sa tsnámh, ach ní raibh aon bhaol ana-mhór ann, dar leis, go bhfeicfí é mar bhí an oíche ana-dhorcha. Ní raibh ag déanamh tinnis do ach slánú na fóirne. Níorbh fholáir nó go n-éireodh lena mhisiún. D'fhéadfadh sé bheith ina cheist báis nó beatha.

Chuaigh sé amach an fhuinneog agus shleamhnaigh sé amach ar an gcábla agus sháigh é féin chun tosaigh is é ag coimeád greama air lena lámha agus lena ailt agus iad crosálta. Mheas sé go bhféadfadh sé an turas a chur de in áirde ar an gcábla caol ach níorbh fhada go bhfuair sé amach go gcaithfeadh sé crochadh anuas as an gcábla. Ar dtúis bhí an mhuir ós cómhair a shúl mar sin, ach ansan bhí sé ag féachaint ar an spéir a bhí gan réalt. Bheadh air leanúint ar aghaidh ar feadh cúig méadair déag ar a mhéid sa tslí sin. Ach tar éis trí nó ceithre cor díobh bhí sé i ndeireadh na feide. Bhí a chuid matán ag feidhmiú go maith ach bhí an tinneas léanmhar ina lámha agus in ailt a chos ró-phianmhar do le cur suas leis.

Bhí an cábla ar crochadh anuas i dtreo an uisce agus cuar ann a bhí contúirteach. An féidir go raibh an barra iarainn ag bogadh as an áit ina raibh sé? Mar sin fhéin ní raibh de rogha aige ach leanúint air, leanúint air, go mall ach go seasmhach, gan géilleadh dos na gearrthaíocha a bhí ar a lámha agus ar a ailt. Níor mhair an treasnú ach cúpla neomat, ach síorraíocht ab ea é do súd is dá chompánaigh a bhí á leanúint ó d'fhág sé an fhuinneog, agus ag guí féna n-anáil, ach ní fhéadfaidís focal tacaíochta a thabhairt dá gcompánach ar eagla go gcloisfí iad.

Bhí cúpla neomat pianmhar aige agus ansan bhí sé chomh cóngrach san do thaobh dubh, ollmhór an bháid eile go bhféadfadh sé a lámh a leagadh uirthi. Ach ní raibh Furino ábalta é sin a fheiscint mar bhí sé ag gluaiseacht ar aghaidh agus a cheann chun tosaigh. Níor thuig sé é go dtí gur bhuail sé a cheann i gcoinnibh ruda éigin a bhí miotalach agus géar agus bhí air liú a mhúchadh. Ansan scaoil sé lámh amháin den chábla, rug sé greim ar rud éigin a bhí ag gobadh amach, ansan rug sé greim air leis an láimh eile, sháigh sé é fhéin chun tosaigh, lena chosa, ar an gcábla caol, a bhí tar éis a ghnó a dhéanamh thar barr, agus ansan léim bheag....agus bhí sé slán sábháilte ar bórd na loinge. Chrom sé síos, é traochta agus giorra anála air, ach é lán d'aoibhneas.

Chonaic duine nó beirt dá chompánaigh an méid sin ón bhfuinneoig ach ní raibh am ag Furino aon chómhartha a dhéanamh leo. B'é an rud tábhachtach anois ná dul síos isteach in íochtar na loinge, imeacht ón áit a bhféadfadh na *gangsters* é fheiscint, agus is é is dóichí go raibh fear faire acu san ar bharr na loinge príosúin, agus thar aon rud eile bheadh air a fháil amach cad í an long í seo ar a raibh sé. Ghluais sé chun tosaigh go timpeallach agus lean sé cúrsa taobh leis na fallaí chomh mear agus d'fhéadfadh sé é. Fuair sé staighre beag a bhí ag dul síos, agus síos leis, agus níl aon innsint ar an bhfaoiseamh éachtach a bhraith sé.

Ag bun an staighre bhig bhí beagán solais le feiscint aige ag teacht amach fé dhoras éigin. Agus a chroí ina bhéal aige, sheas Furino go dlúth leis an bhfalla agus d'fhan sé ansan ag éisteacht. Is deacair a thuiscint cad a bhíonn á rá ag beirt nó triúr tré dhoras dúnta agus iad ag cómhrá i nguth íseal. Is deacra fós a thuiscint cad é an teanga a bhíonn ar siúl acu ach bhraith Furino áthas éigin dothuigthe á líonadh agus ansan chuir sé d'fhiachaibh ar fhéin ciúiniú agus éisteacht níos géire. Sea go deimhin, bhí na daoine istigh ag labhairt Iodáilise!

Bhuail sé ar an ndoras agus d'oscail é gan fanúint le freagra. Is ansan a chonaic an Captaen Schiappacasse, ná raibh ag teastáil uaidh an tráth san ach cómhrá a bheith aige ar a

shocracht leis a gcéad oifigeach faid a bheadh cupán seacláide
á ól acu go suaimhneach, chonaic sé ós a chómhair amach, gan
choinne, an duine íseal tanaí seo, srón mhór air, é nocht go com,
a ghruaig tré chéile, cuma ana-chráite air agus na lámha
clúdaithe le fuil. Duine a scread amach ós árd:

"A Chaptaein, caithfir rud éigin a dhéanamh. Tá foireann
Juventus ina bpríosúnaigh sa bhád taobh linn anso," agus ansan
leig sé do féin titim isteach i gcathaoir.

Bhí an Captaen Schiappacasse, tráth, tar éis dul timpeall
'Cape Horn' agus stoirm uafásach ann gan oiread na fríde dá
shocracht d'imeacht uaidh. Uair eile, agus é ar an loing ab
fhearr leis, an *Rosina B*, thug sé aghaidh ar thíofún i muir na
Seapáine... Uair eile fós, agus é i bhfeighil loinge iompair...
Sea, go deimhin, ach dob é seo an chéad uair, go fírinneach,
gur bhraith sé é fhéin a bheith easnamhach.

"In ainm a bhfuil thíos agus thuas," ar seisean agus é ag éirí
ina sheasamh. Raid sé a chaipín ar an urlár. "In ainm Chroim,
cad as a dtáinís-se anso gan choinne?"

"Tr'om rud éigin láidir le n-ól," d'impigh Furino, "is scéal
fada é..."

Ní raibh Furino riamh go hana-líofa mar dhuine ach d'éirigh
le braoinín beag uisce beatha a smaointe a shoiléiriú do agus
ansan d'innis sé an scéal dochreidthe go léir. An cluiche mór in
Asunción, a dteacht go Nua-Eabhrac, an t-aistriú ó thigh ósta
amháin go tigh ósta eile, mar a gabhadh iad ar bórd an bhus, a
bpríosún sa loing iompair a bhí as feidhm agus a bhí anso taobh
leis an *Rosina B*.

D'éist Schiappacasse leis agus é ag tarrac ar a thotóig gan
aon fhocal a rá. Bhí an príomh-oifigeach agus an fear stiúrach
ina dtost chomh maith agus iongantas orthu. Ansan, nuair a bhí
críochnaithe ag Furino, d'fhiafraigh an captaen de go breá
socair:

"Mar sin, is peileadóir tú. Duine díobh san gur fiú na céadta milliún iad. Nó fiú na mílte milliún. An fíor? Agus conas is féidir liomsa bheith deimhnitheach de sin? Níl aon dabht ann ná gurb iongantach an scéal é sin atá innste agat dúinn."

Bhí uafás ar Furino:

"Ach cad 'na thaobh go ndéanfainn a leithéid sin a chumadh? Cad 'na thaobh go mbeinn anso agus an fhuil seo orm dá mba rud é ná raibh gach a bhfuil ráite agam fíor? Tair in áirde agus taispeáinfead an cábla duit, an ceann a bhfuil an barra iarainn ar a bharr, a úsáideamar mar a bheadh slea ann. Ach ní hea. B'fhearr gan bogadh suas len bhur dtoil. Thárlódh sé go bhfeicfí sinn ón loing eile. Bheadh amhras orthu.... Agus níl a fhios agam cad é an chríoch a bheadh ar mo chompánaigh."

"Tá smaoineamh agamsa," arsa Burlando, an chéad oifigeach. "Tá suim agamsa sa tsacar. Ach níl suim agam ach ina mbaineann le foireann Sampdoria, sin iad foireann mo chathrach féin. Feicimís láithreach an bhfuil cur amach agatsa ar chúrsaí peile nó an bréagadóir tú. Féachann d'aghaidh macánta domhsa, agus go deimhin cuireann sé grianghraf áirithe, a chonac, i gcuimhne dhom. Ach abair liom, cad a thárla anuiridh idir Sampdoria agus Juventus?"

Tháinig mothú faoisimh chuig Furino. Bhí sé tar éis páirt a ghlacadh sna cluichí sin sa bhaile agus as baile agus ba chuimhin leis go maith gach ar thárla.

"I dTorino sa chéad chluiche bhíomar a haon in aghaidh a haon. Cúil a fuair Causio agus Rossinelli. In Genova, ansan, bhuamarna a haon in aghaidh a náid. Cúil a fuair Capello." Agus chuir sé leis sin ansan mar ghreann "agus b'shin é an t-am gur cuireadh Sampdoria siar go dtí B."

Bhí Schiappacasse, an captaen, ag féachaint ar an gcéad

oifigeach, Burlando, agus dhein seisean cómhartha dearfach ina threo. Ní raibh aon dabht ann ina thaobh. B'é seo Furino agus do b'fhíor gach uile rud a bhí ráite aige.

"Innis é seo dhom, a bhuachaill," arsa Schiappacasse, "an mó duine den dream eile atá ar bórd?"

"Níl ach beagán," arsa Furino. "Seisear nó seachtar. Níl níos mó. Ach tá gunnaí acu agus níl dabht ann ná go mbeidís toilteanach iad a úsáid."

"Éist liom anois," arsa Schiappacasse. "Is ceist í seo a chaithfimídne a réiteach. Nuair a bhímíd sa bhaile san Iodáil bímíd ag troid le chéile, ach anso is Iodálaigh sinn go léir gan aon idirdhealú eadrainn, nach fíor? Teip a bheadh ann muna bhféadfadh an seana-*Rosina B* lámh chúnta a thabhairt dos na daoine óga so atá gafa i ngaiste mar a bheadh lucha ann. Déanfaimíd gan na póilíní. Tá an *Rosina B*, cheana féin, tar éis teacht chun cé gan tugaí. Anois caithfead an bád eile a fheiscint." D'éirigh sé ina sheasamh, fear mór groí dob ea é. Bhí Furino á shamhlú ina aigne go raibh sé chun liú do leigint as: "Ar bórd libh, a thíogair Mhaláiseacha", nó a leithéid!

"Tiocfaimíd aniar aduaidh orthu i gan fhios," arsa Schiappacasse ina ionad san. "Níl ach beagán againn ann ach tá dóirne crua ar gach uile dhuine againn. Bíodh gunnaí againn nó ná bíodh, raghaimíd amach. Caithfimídne gníomhú sara dtuigid aon rud. Caithfimíd é a dhéanamh anois láithreach. Focal Giuseppe Schiappacasse di Camogli. A Bhurlando, glaoigh ar chúigear nó seisear díobh súd atá ina suí. Téimís amach chun Juventus a shaoradh..."

12. Ar Nós na Gaoithe

Bhí Ó Treasaigh lasmuigh de dhoras tí ósta an 'Astor' cheana féin nuair a tháinig gluaisteán ollmhór na bpóilíní timpeall an chúinne ar dhá roth chun gur stad sí ós a chómhair amach agus scréach ghéar na gcoscán á mbodhradh! Léim Boniperti amach aisti. Boniperti a bhí ar bís le fiosracht ach go raibh sé soiléir ar a aghaidh go raibh sé ana-thuirseach agus ana-bhuartha.

"Ana-mhear ar fad," arsa Ó Treasaigh agus é ag féachaint ar a uaireadóir. "Sé neomataí is daichead ó thigh ósta 'Cannizzaro' go dtí an 'Astor'."

Gháir an póilín gorm a bhí laistiar den roth agus thaispeáin sé a fhiacla geala glé.

"Tá Fittipaldi in árd-fhoirm inniu," ar sé agus é ag díriú a órdóige air féin, "agus tar éis don duine uasal," b'é Boniperti a bhí i gceist aige, "cúpla eascaine a chur im' threo d'íslíos an luas fé bhun 160."

Bhí ana-dheithineas ar Bhoniperti chun a fháil amach cad 'na thaobh in aon chor gur glaodh air le hoiread san práinne.

"Cad 'na thaobh go bhfuilimíd ag dul go club oíche? Cad é an rud é an *Number Two*? Cí hí an cailín nua?"

Bhrúigh Ó Treasaigh thar n-ais isteach sa ghluaisteán é.

"Míneod é sin duit nuair a shroisfimíd an áit agus táim tar éis a gheallúint don chúntóir ag an gcúntar, Angelo, go dtabharfad dhá thicéad do don chluiche." Agus ansan leis an dtiomanaí: "A Fittipaldi, téir go dtí an tslí isteach ar an Brooklyn Queens Expressway. Ansan déarfadsa leat cad é 'n áit ar chóir duit casadh. Brostaigh, ach ná séid an bonnán, má 's é do thoil é."

Caitheadh an bheirt acu siar i gcoinnibh dhrom an tsuíocháin thiar. Thosnaigh an tiománaí arís amhail is dá mbeadh sé in Indianapolis. Thugaidís Fittipaldi air ('sárluas' sa bhéarlagar) toisc go dtiomáineadh sé ar nós na gaoithe. Ansan rug Ó Treasaigh greim docht ar chúl an tsuíocháin ós a chómhair amach agus thosnaigh sé ag míniú an scéil. "Féach, *my dear* Boniperti, ní club oíche é *Number Two*. Leigeas duit a chreidiúint gurbh ea ar an abhar go bhfuil an teileafón sin agatsa sa tigh ósta fé smacht ag na ropairí agus theastaigh uaim leigint d'éinne a bhí ag éisteacht go rúnda a mheas go raibh dul amú ar fad orm sa rud a bhí ar siúl agam. Tá súil le Dia agam gurb é sin an rud a thárla, nó muran é..."

Ansan ar seisean leis an dtiománaí: "*Eh*, a Fittipaldi, 'bhfuilirse ag cuimhneamh ar do chailín in ionad bheith ag tiomáint? Ar a laghad tabhair le tuiscint go bhfuil do cheadúnas tiomána agat." Bhí an gluaisteán ag sciúrdadh léi tré dhorchadas na hoíche mar a bheadh urchar ann. Chuaigh sí fé thalamh sa Queens Newtown Tunnel, tollán mór fada fén East River go raibh soilse maithe ann agus gan mhoill bhíodar ag imeacht leo ar an Long Island Expressway. "Nó muran é sin é," arsa Ó Treasaigh arís, "is oth liom a rá go mbeidh trioblóid ann. Dá bhrí sin tosnaímís arís. An *Number Two* so, 'sé atá ann ná ceann des na céanna iomadúla atá i Nua-Eabhrac. An dtuigeann tusa conas tá calaphort Nua-Eabhrac? Ní thuigeann. Bhuel má sea, míneod duit é faid a bheimíd ag tiomáint linn mar seo ar nós seilmíde."

Boniperti bocht, bhí air géilleadh do san agus bhí air cur suas le míniú mór fada ar chalaphort Nua-Eabhrac. "Mar sin nuair a thagann tú isteach ón bhfarraige mhór, timpeallaíonn tú na Narrows agus ansan bíonn tú istigh sa bhá fhéin, agus ina dhiaidh san sroiseann tú béal abhann an Hudson. Agus tú ag teacht isteach ar dheis a thosnaíonn na chéad chéanna, na *piers* mar a thugaimídne orthu, feadh bhruach Bay Ridge Channel.

'Siadsan na céanna is lú a húsáidtear mar táid ana-fhada amach ós na príomhlínte lochtaithe agus dí-lochtaithe. Mar sin tosnaíonn an uimhriú ar na céanna in aice an Owl's Head Park. An chéad cheann ar do dheis is tú ag teacht isteach ón bhfarraige tugaimid 1A air. Ansan tá cé a haon ann agus ansan cé a dó. Is ansúd atáimídne ag dul."

"Cé *Number Two*," arsa Boniperti agus geit bainte as, "agus is ansan a tháinig an cailín?"

"Ní tháinig aon chailín. Tháinig long agus má tá an ceart agamsa im' chuid réasúnaíochta is ansan a gheobhaimíd *Juventus*." Ghriog sé an tiománaí: "*Forza! Forza!* Brostaigh, a Fittipaldi! Is é sin, má theastaíonn uait go n-áireofaí tú i measc na dtiománaithe is tapúla. Ach má tá dul amú orm san oibriú amach, a Uachtaráin, a chara, má tá dearmhad déanta agam, sa chás san raghad ar pinsin go Iowa agus caithfead an chuid eile dem shaol ag saothrú prátaí."

Bhí gluaisteán na bpóilíní tar éis an cósta a shroisint cheana féin agus bhí sí ag greadadh léi fé luas dochreidthe ar árd Green Park, *oasis* beag glas lastuas den New York Naval Shipyard. Bhí Ó Treasaigh tar éis éirí tostach, bhí Boniperti á fhiafraí de fhéin go cráite an sroisfidís an áit in am. Bhí sé á shamhlú gurbh é ba dhóichí ná gur theip ar Ó Treasaigh dallamullóg a chur orthu. An té sin a bhí tar éis labhairt leis an bhfear faire ar an nguthán faid a bhí seisean ag cuardach na hoifige... Is dócha go raibh sé siúd tar éis teacht ar an dtuiscint go maith go raibh rud éigin mícheart agus gan dabht ar domhan go raibh sé tar éis foláireamh a thabhairt dos na daoine eile. Mar sin, is dócha go raibh na bithiúnaigh ag aistriú na mbuachaillí ón loing ag an am san díreach agus n'fheadair éinne cad é an áit a rabhadar á dtabhairt. B'fhéidir go rabhadar tar éis iad a chur a chodladh arís le clóraform, nó...

Ní hea, chuir a aigne i gcoinnibh na smaointe gruama san a

bhí á gcur féin ina láthair. B'fhéidir, a bhí á rá aige leis féin agus é a d'iarraidh breall a chur air féin, go raibh na ropairí tar éis a thuiscint go raibh Ó Treasaigh ar a dtóir, go rabhadar tar éis an gnó go léir a fhágaint ina ndiaidh agus éirí as an éiric a lorg. Ansan thosnaigh na smaointe ba mheasa ina aigne á chéasadh arís.

In aistear a bhí Boniperti ag féachaint ar Ó Treasaigh le go bhfeicfeadh sé cómhartha de shaghas éigin a léireodh a dhóchas do. Bhí an póilín clúiteach cuachta istigh i gcúinne den ghluaisteán agus an chuma air go raibh sé iompaithe amach ina mharmar. An hata bog, an tsrón leathan, an smig theann, bhíodar rianaithe amach go soiléir i gcoinnibh éadain dubha na dtithe tré fhuinneoga an ghluaisteáin. Ar feadh neomait bhí Boniperti in éad leis toisc go raibh sé chomh socair, ciúin san. Ansan chuaigh sé thar n-ais go dtína smaointe duairce féin. D'fhéach sé ar a uaireadóir, bhí sé geall leis a trí.

I gCEANN 38 nUAIRE AN CHLOIG DO SHÉIDFEADH AN RÉITEOIR AN FHEADÓG CHUN TÚS A CHUR LE CLUICHE AN CHÉID, JUVENTUS Ó TORINO I gCOINNIBH ATLETICO Ó ASUNCIÓN.

Ar deireadh thiar bhraith Ó Treasaigh, gan fiú matán leis a bhogadh, bhraith sé mí-shocracht an duine eile.

"Ní haon chabhair duit é bheith cráite, *dear President*," ar seisean, "tá an tiománaí ag baint oiread luais agus is féidir leis as an ngluaisteán. Tuigim go bhfuil cráite ach ní thabharfaidh do dheithineas ann sinn neomat níos túisce. Seo, féach! 'Sé seo Red Hook; sara fada anois casfaimíd ar dheis. Is anso a thosnaíonn céanna Bay Ridge Channel. Dhá mhíle eile, trí neomataí, agus beidh fhios againn gach aon ní. Fan socair, *keep cool*..."

"Trí neomataí agus tuigfimíd gach aon ní, sea, gach aon ní, ach cad é? Cad a bhí tar éis tárlú do Juventus?" Thriomaigh sé na braonacha móra allais dá éadan.

13. Buille ar son na Saoirse

"Cigirí sláinteachais agus dí-ghalaraithe sinn-ne ón mbárdas. Teastaíonn uainn teacht ar bórd."

Bhí an fear a bhí tar éis teacht ar deic tré chéile.

"An tráth so de mhaidin? Tá sé a dó a chlog istoíche. Ní deintear cigireacht an tráth so."

Bhí Schiappacasse tar éis é fhéin a ullmhú do gach éinní agus bhí a fhreagra aige. Go deimhin bhí sé deacair a shamhlú agus lár na hoíche ann go bhféadfadh foireann cigirí teacht i láthair chun dul ar bórd loinge.

"Ní theastaíonn uainn aon chigireacht a dhéanamh. Féadfair dul thar n-ais a chodladh go suaimhneach duit fhéin," arsa Schiappacasse agus é á thaispeáint go raibh ana-Bhéarla aige. "'Sé a theastaíonn uainn ná féachaint ar na cáipéisí."

"Cad iad na cáipéisí?"

"Na cáipeisí sláinteachais. Ar maidin amáireach beidh an príomh-chigire ag teacht ó Washington, más gá go mbeadh fhios agat. Tá's agat conas a bhíonn na státsheirbhísigh seo agus an raic is féidir leo a thógaint. Beidh rírá agus ruaille buaille ann muna mbíonn na cáipéisí seo feicthe againn. Beimídne thíos leis agus beidh sibhse thíos leis chomh maith. Cuirfidh sé oraibh gach uile rud atá thíos in íochtar na loinge agaibh a chaitheamh amach ó bhun go barr, ach ar an dtaobh eile den scéal má tá na cáipéisí i gceart agaibh..." Leig sé air go raibh ag briseadh ar an bhfoighne aige: "Féach, 'bhfuil sibh chun na céimeanna sin a leigint anuas nó ná fuil? Nó an é go dteastaíonn uait sinn a fhágaint inár seasamh anso ar feadh na hoíche?"

Bhí an fear ar deic idir dhá chómhairle.

"An mó duine agaibh atá ann?"

Bhí míniú ag Schiappacasse ar an gceist sin chomh maith.

"Féach, ná cuala sibh mar gheall ar an méid ionsuithe atá á ndéanamh ar dhaoine ar na céanna so gach oíche? Tá an t-am thart gur féidir leis na saoránaigh imeacht amach ag spaisteoireacht ar bhruach na mara. Tá órdú againn gan gluaiseacht ach inár ndíormaí."

Chualathas geonaíol fhadálach, bhrónach an staighre á leigint anuas. D'fhan Schiappacasse sa scáil go dtáinig an t-am agus ansan léim sé ar bórd, ansan an chéad oifigeach, Burlando, ansan ceathrar eile. Ní raibh sé deacair in aon chor ar an gceannaire gothaí tábhachtacha a leigint air fhéin.

"Cé tá i gceannas anso thuas?"

"Táimse i láthair na huaire, níl an captaen anso."

"Agus cé hé siúd ansan agus na hairm sin go léir ar iompar aige?" Bhí fear tar éis teacht i láthair agus gunna treasna a chabhlach aige agus crios urchar timpeall a bhoilg. "Féachann sé cosúil le hAl Capone!"

"Preit!" arsan fear, "táimídne leis agus eagla orainn roim ionsaitheoirí. Tá's agat go ndeirtear go bhfuil an t-am thart gur féidir leis na cathróirí dul amach ag siúl."

An raibh sé ag magadh fé? An raibh braistint éigin fachta aige? Tháinig féachaint fheargach i súile an cheannaire Schiappacasse.

"Taispeáin dúinn an tslí go dtí cábán an cheannasaí. Feicimís na clárleabhair. An chéad rud ba mhaith liom a rá libh ná go mbeadh náire ormsa dá mbeadh long chomh salach so agam."

Thosnaíodar ag siúl. An fear faire chun tosaigh orthu

go léir, ansan Schiappacasse, ansan fear an ghunna, ansan na mairnéalaigh, agus Furino ina ndiaidh aniar. Threasnaíodar cuid den deic shalach, ansan thosnaíodar ag dul síos staighre i dtreo an íochtair. Thosnaigh raic agus ruaille buaille nuair a bhíodar leathslí síos na céimeanna. Thárla sé a bheag nó a mhór mar seo:

D'árdaigh Schiappacasse ceann dá dhóirne móra agus thug sé anuas é ar mhuineál an fhir a bhí roimis amach mar a bheadh ceapórd ag teacht anuas ar inneoin. Leig an fear san geon lag as, thit sé gan aithne agus thosnaigh sé ag rolláil. Bhí an fear go raibh an gunna aige díreach laistiar de Schiappacasse agus ag an am gcéanna tháinig beirt a bhí laistiar de siúd agus rugadar ar dhá láimh air. Dhein seisean iarracht ar chur ina gcoinnibh ach tháinig an tríú fear agus chuir sé gobán ina bhéal. Ansan fuair sé cic fíochmhar ó Furino in íochtar a bhoilg agus chualathas Furino á rá féna anáil:

"Níl aon mholtóir anso chun an fhead a shéideadh nuair a deintear feall, a chara!"

Agus cuireadh gobán i mbéal an fhir eile chomh maith, ceanglaíodh le chéile iad beirt agus caitheadh isteach i gcúinne in éineacht iad.

Cá raibh an staighre sin ag dul? Na fir eile ar bórd, an raibh aon rud cloiste acu? Ní fhéadfaidís fanúint ró-fhada le freagra na ceiste sin. Ansan tháinig fathach, a bhí lom go com, agus gunna ina láimh, amach as íochtar an bháid agus raid sé suas na céimeanna in áirde. Sarar thuig sé cad a bhí ag tárlú fuair sé dorn fíochmhar san aghaidh ó Schiappacasse agus d'fhill sé thar n-ais isteach san íochtar. Láithreach, agus é go díograiseach ag déanamh aithrise ar a cheannaire, léim an chéad oifigeach, Burlando, in áirde air agus lean na mairnéalaigh eile é. Agus an fathach agus a shrón ag cur fola, cuireadh ceangal na gcúig gcaol air mar a bheadh pacáiste poist ann.

Ansan chualathas scréach ag teacht ó dhoimhneacht rúndiamhrach an bháid. Bhí triúr fear curtha as feidhm. An mó duine eile a bhí ann? Bhí Furino tar éis a rá ná raibh éinne ábalta iad a chómhaireamh ach ná féadfadh mórán acu a bheith ann, go háirithe i lár na hoíche.

Agus fiú amháin Juventus agus iad ina bpríosúnaigh i dtóin an bháid, chualadar rud éigin. Shrois fothram an ruaille buaille iad agus na mallachtaí agus tuairt na gcorp ag rolláil. Bhí an captaen, Salvadore, tar éis fanúint ag faire ón am go ndeaghaidh Furino amach agus b'shin é an chéad duine a bhraith cad a bhí ag tárlú agus léim sé ina sheasamh.

"Brostaíg', a bhuachaillí, tá linn, amach linn go léir! Juventus abú...!"

Tháinig liú mór fíochmhar mar fhreagra air, "Juventus abú!" agus chuaigh na buachaillí de ráig amach sa phasáiste agus iad ag screadaíl mar a bheadh tíogair ann, iad ag titim agus ag éirí arís agus bheidís sásta léimt isteach sa tine ar son na saoirse. Raid beirt bhithiúnach go caol díreach isteach sa mheall mór buile sin agus baineadh dá mbonnaibh iad. Níor baineadh aon úsáid as a ngunnaí ach mar mhaidí ina gcoinnibh féin agus tar éis cúpla buille díobh san bhíodar sínte ina suan.

Rugadh ar bheirt eile agus iad a d'iarraidh éaló suas an staighre chun sábháilteachta lasmuigh. Ansan bhuail grúpa Schiappacasse agus grúpa na bpeileadóirí lena chéile agus chríochnaigh gach rud ina chíor thuathail – gach duine ag breith barróige ar gach duine eile agus ag liúirigh agus deora áthais leo. Rugadh in áirde ar Furino agus é bodhar ag screadach a cháirde agus bhí a lámh ag titim de le teann croíte agus múchadh a aghaidh le póga. Bhí géire na lampaí ag dalladh na bpeileadóirí mar ná raibh taithí acu ar an solas agus bhíodar ar a ndícheall a chéile a aithint. Bhíodar cloíte, báite le hallas, salach le smúit ach ana-shona ar fad. Bhíodar san, sona agus saor.

Is le deacracht a d'éirigh le Schiappacasse smacht a fháil ar an scéal i ndiaidh na moltaí agus an bhuíochais go léir.

"A bhuachaillí, táimíd ar árthach, gabhaig' mo leathscéal má deirim libh gur mise atá i gceannas anso i gcónaí."

"Mar sin téimís amach ar tír," scread duine éigin.

"Neomat amháin. Deinig' iarracht air é seo a thuiscint. Dheineas-sa cómhaireamh ar an méid daoine atá gafa againn, tá seachtar acu ann, ach is dócha ná fuil a gcaptaen ina measc súd – an intleacht atá taobh thiar den bhuín seo dáiríribh."

"Is fíor san," arsa Salvadore, "níl fear an éadaigh léith ann. Eisean go raibh an carbhat air agus a chuir orainn éisteacht leis an dtéipthaifeadán."

"Agus is ag feitheamh leis siúd ba chóir dúinn a bheith anois," arsa Schiappacasse. "Anso. Ní bheadh sé ar ár gcoinsias gan deireadh a chur leis an scéal i gceart agus an intleacht mhór a ghabháil. Iarraim oraibh mar sin fanúint, níor chóir go dtógfadh sé ró-fhada. An mbeadh sibh ag aontú liom, a bhuachaillí?"

"Aontaímíd," do fhreagair buachaillí Juventus in éineacht. ·

Agus an taithí a bhí acu ar an smacht, ghlacadar go hiomlán leis go bhfanfaidís tamall eile ar bórd na loinge chun freagra na ceiste rúndiamhaire sin a fháil – cérbh é an fear san a bhí laistiar d'fhuadach Juventus?

·

14. I dTeannta a Chéile is Fearr Sinn

"Seo chughainn iad," arsa duine des na mairnéalaigh, fear téagartha go raibh ucht ana-mhór air agus a bhí fágtha ar deic mar fhear faire agus gunna lena ghualainn. Ón íochtar ansúd amuigh ní mheasfadh éinne gurbh aon ní eile a bhí ann ach duine des na ropairí a bhí ina seirbhís ag na fuadaitheoirí. "Seo chughainn iad," a dubhairt sé arís, "táid ann."

Bhí an gaiste curtha i gcóir acu go foirfe. Bhí an staighre beag árdaithe, fear amháin ar deic, agus an chuid eile ullamh chun teacht i láthair ina mbuín dlúth feadh an staighre bhig inmheánaigh nó i bhfolach taobh thiar de bhúrlaí téide sa doircheacht dubh. An frása san, 'Táid ann', chuir sé creathán gearr trés na fir a bhí ag feitheamh.

Tháinig gluaisteán íseal oscailte isteach ar an gcé agus stad go hobann. Thúirling beirt fhear aisti agus níor bhacadar leis na dóirse a dhúnadh. Bhrostaíodar aníos fé chliathán na loinge agus iad ag screadaíl.

"Leig anuas an staighre láithreach."

"Cé tá ann?" d'fhiafraigh an mairnéalach ón áit thuas.

An freagra a fuair sé, ba mhallacht a bhí ann i dteangain Angla-Iodálaigh.

"Ná bí id' bhastún. Leig anuas an staighre a deirim."

"O.K., a Chaptaein," do fhreagair an mairnéalach ar deic agus thosnaigh sé ag oibriú an mhótair a leigfeadh anuas an staighre beag lasmuigh.

D'éirigh le Salvadore agus le Marchetti stracfhéachaint a fháil ar na daoine a bhí tagaithe agus iad ag fanúint sa scáil laistiar de charn mór téad. Beirt fhear. Duine acu beag tanaí, agus b'eisean, bí siúrálta dhe, an fear diamhair fé éadach liath a bhí tar éis an téipthaifeadán a bhagairt orthu go suaite. Ní foláir nó b'eisean an *boss*, nó arbh é an fear eile an *boss*? Ní raibh seisean le feiscint go soiléir ó aoirde na loinge, agus bhí an bheirt fós is iad ag croitheadh le mí-fhoighne nó go dtagadh an staighre chomh fada leo ar an dtaobh amuigh. Ach ní foláir nó bhí an dara duine níos mó ina *bhoss* ná an *boss* fé éadach liath. Bhí sé sin le brath ar an slí a úsáideadh sé a lámha agus ar a ghuth, faid a bhíodh an fear eile ag éisteacht. Is dócha gurbh eisean intleacht na buíne, an fear a bhí tar éis an éiric scanrúil sin a lorg.

"Tabharfaimídne éiric do nuair a gheobhaimíd an seans," arsa Marchetti i gcogar agus é a d'iarraidh a aghaidh a fheiscint. Fear go raibh aghaidh mhór air. Bhí a cheann maol agus b'é sin an t-aon dromchla lonnrach a bhí ar an gcé. Bhí éadaí dubha air agus léine bhán...

Um an dtaca san bhí an staighre díoscánach geall leis ar aoirde an ché. Chuaigh an fear ramhar chun tosaigh gan fanúint fiú amháin go dtí go mbeadh sé ar aon leibhéal leis. Léim sé in áirde agus ansan raid sé leis suas.

Thárla gach rud in aon neomat amháin. Isteach ar an gcé ansan tháinig gluaisteán eile, ceann dubh agus í ag déanamh 120 san uair. Dhein sí iarracht ar stad ach ní raibh ag éirí léi. Ansan ag an neomat deireanach agus í ar tí dul isteach san uisce, mheasfá, d'éirigh leis an dtiománaí casadh a bhaint aisti le lán a nirt agus shleamhnaigh sí timpeall agus stad sí leathórlach ón imeall agus bús deannaigh ag éirí taobh thiar di. Is ar éigin a bhí an gluaisteán ina stad nuair a léim Ó Treasaigh amach aisti agus rith sé i dtreo an staighre bhig agus é ag screadaigh.

"Hé, éistig', ná téig' suas!"Lean Boniperti é agus gan fhios aige go díreach cad a bhí ag tárlú. Idir an dá linn stad an bheirt a bhí ag dul in áirde agus bhíodar ansúd i lár an staighre agus iad a d'iarraidh a fheiscint cé hé a bhí ag screadaigh orthu. Is ansan go díreach a tháinig na peileadóirí amach as an áit ina rabhadar i mbun luíocháin, agus theilgeadar iad féin i dtreo an staighre bhig agus iad ag screadaigh. Ba ghreannmhar an radharc a bhí le feiscint ansan. Thuas in áirde bhí na peileadóirí agus iad ag teacht chun tosaigh, i lár an staighre bhí an bheirt seo agus iad scanraithe go mór, agus in íochtar bhí Ó Treasaigh ag rith i dtreo na loinge agus Boniperti ar a shála. Ansan i bhfaiteadh na súl bhí an radharc sin athraithe ar fad, theilg na peileadóirí iad féin ina rúid ag déanamh síos ar an mbeirt agus bhí Ó Treasaigh 'gus Boniperti ag teacht aníos. *Herr* Hoffmann, fear an éadaigh léith, an t-*impresario* ó Asunción, d'fhan seisean ina staic, a lámha in áirde aige, agus scread sé amach:

"Ná deinig' aon díobháil dom."

Ghníomhaigh an fear eile mar a dhéanfadh an fíor-*bhoss*. D'aon léim amháin ghaibh sé thar ráille an staighre agus chaith é féin isteach in uisce dubh an Hudson. Ach is ar éigin a bhí macalla na tuairte sin cloiste acu nuair a chualathas ceann eile. Bhí Zoff tar éis gníomhú le luas lasrach agus chuaigh sé tríd an aer go foirfe díreach mar a dheineadh sé de ghnáth sa chúl nuair a théadh sé ó chúinne amháin go cúinne eile chun breith ar an liathróid agus an cúl a shábháil. Tháinig an fear ramhar aníos, tharraing isteach anál mhór aeir, ansan chas sé go taomach chun déanamh anonn ar an gcé ach ní thug Zoff an t-am do san a dhéanamh. Tháinig sé suas leis le ceithre buillí snámha, rug ar mhuineál air le haon láimh amháin, chuir d'fhiachaibh air casadh thar n-ais i dtreo na loinge, agus liúigh sé:

"Seo hé ár gcara. An aithníonn éinne é?"

Chaith an fear stiúrach léas solais ó thóirse ar aghaidh an fhir. Bhí pé ribí gruaige a bhí air bailithe chun tosaigh ar a éadan, bhí a bhéal ar leathadh leis an iarracht a bhí air a dhéanamh chun anál a tharrac ach d'aithin gach éinne é: Johnny Lopresti, an t-*impresario* cáiliúil.

15. Dála an Scéil...

Bhí na buachaillí go socair suaimhneach ina seomraí i dtigh ósta 'Cannizzaro'. Bhí an dochtúir tar éis iad a scrúdú duine ar dhuine agus b'é an toradh a bhí air sin ná ná raibh orthu ach tuirse agus fonn ana-mhór folcadh fada, súgach, bog-the a bheith acu agus ansan iad féin a shíneadh idir dhá bhraitlín éatroma chumhra, dearmad a dhéanamh ar gach rud agus iad féin a thumadh i suan sámh, socair a thabharfadh thar n-ais iad go lán a nirt.

"Cad a cheapann tú díobh, a Dhochtúir?" a d'fhiafraigh Boniperti. "An dóigh leat go mbeidh siad ábalta imirt?"

Thóg an Dochtúir La Neve braoinín beag as a ghloine *bourbon* mar a dhéanfadh saineolaí fíona:

"Chomh fada agus a bhaineann liomsa de féadfaidh siad é a dhéanamh. Amáireach tar éis cúpla babhta *massage* agus dhá uair a chloig gleacaíochta, agus an t-áthas a bheidh orthu gur éirigh leo teacht an fhaid seo in aon chor... Sea, chomh fada is a bhaineann an scéal liomsa de, éireoidh leo. Ní deirim go bhféadfaidh siad smionagar a dhéanamh d'Atletico, ach mar sin fhéin d'fhéadfaidís dul isteach ar an bpáirc agus iad a bhataráil go maith. Níl aon cheist ann ná go mbeidh cíocras chun peile orthu. Teastóidh uathu díoltas d'agairt ar an gcéad dream a casfar orthu, sa chás so Atletico, mar chúiteamh ar a bhfuil fulaingthe acu."

"Chomh maith leis sin tá botún mór déanta ag lucht Pharagua agus gan teacht anso go dtí inniu, mar thángadar ó lár an gheimhridh ina dtír fhéin go dtí an teas éachtach a bhíonn anso i Nua-Eabhrac sa tsamhradh," arsa Boniperti agus é ag machnamh ós árd. "Díolfaidh siad go daor as an athrú aeráide sin."

"Agus ar an dtaobh eile de, an dream san agaibhse, táid tar éis bheith á róstadh thíos i dtóin báid agus táid go mór i dtaithí an teasa anois... *You are so lucky*, bíonn an t-ádh ort i gcónaí, a Uachtaráin." B'é Ó Treasaigh a dúirt an méid sin, é chomh réidhchúiseach, socair in am an bhua agus a bhíodh is é i lár na trioblóide. "Ní hamháin go bhfuil Juventus tar éis céad milliún *dollar* a shábháil ach tá an baol ann anois go mbuafaidh siad an chraobh chomh maith!"

"Ba cheart dúinn an céad milliún úd a thabhairt duitse," arsa Boniperti agus thug sé cuireadh don phóilín clúiteach suí síos. "Uisce beatha?", ach ní ólfadh Ó Treasaigh deoch chomh láidir san.

"Innis dom mar gheall ar ár gcara, Lopresti," d'iarr Boniperti. Bhí sé tomhaiste aige go raibh Ó Treasaigh tar éis teacht i láthair go díreach chun a mhíniú dóibh conas a bhí sé tar éis teacht ar réiteach na mistéire agus bhí Boniperti sásta éisteacht leis.

D'órdaigh Ó Treasaigh aon bheoir bheag amháin agus thosnaigh sé:

"Dob *impresario* mór le rá é Lopresti, dáiríribh. Bhíodh sé ag plé le Cassius Clay, le Jack Nicklaus, leis na himearthóirí gairmiúla leadóige agus le daoine tábhachtacha dá leithéidí. Ansan thosnaigh cúrsaí ag teip air. 'Sé seo an t-eolas atá agam, go bhfuil lámh ina ghnó ag daoine eile agus gur dócha go bhfuil dúmhál á dhéanamh acu air. Níl aon dabht ann ná go bhfuil lámh ag *Cosa Nostra* sa scéal. Bhíodar san ag úsáid lucht aitheantais Lopresti agus a thalanna iongantacha chun a n-ingne a shá isteach i saol na dteaspáintaisí móra, agus na gcluichí chomh maith. Agus is mar sin a thárla gur rugadh amuigh ar Juventus agus gur fuadaíodh iad agus ansan gur iarradh éiric 100 milliún *dollar*.

"Maidir leis sin de, ní mórán é dá leithéid seo d'fhoireann, nach fíor? Ach b'fhéidir, ca bhfios d'éinne, go raibh eagla orthu níos mó a iarraidh. Ós ag trácht air sin é, bhí a chuid suime go léir dírithe ar an bhfíric go raibh cómhtharrac ag Juventus sa chéad chluiche i dTorino, go rabhadar ar cómhscór arís in Asunción. Thug san seans do a thairiscint dóibh láithreach agus ar choinníollacha thar barr go n-imreoidís an cluiche deireanach i Nua-Eabhrac. 'Bhfuilir im' leanúint?

"Agus nílim á chur as an áireamh go mb'fhéidir go bhfuair Lopresti duine éigin de mhuintir Atletico chun cómhoibriú leis chun dul ar aghaidh céim ar chéim leis sin. Is dócha go bhfaighimíd a thuilleadh eolais mar gheall air sin nuair a chuirfimíd tuilleadh ceisteanna ar fhear na culaithe léithe, *Herr* Hoffmann, a bhí ina ghníomhaire aige in Asunción. Tá an fear bocht san i láthair na huaire agus ní fhéadfadh sé labhairt le héinne. Tá sé suite de go gceapann *Cosa Nostra* gur feallaire é agus tá eagla an domhain air. Tá sé tar éis é fhéin a dhúnadh isteach i gcill bheag sábháilteachta agus teastaíonn uaidh go mbeadh gárda air i rith an ama. Ceisteoimíd é amáireach agus is é mo thuairim go bhfaighimíd rudaí suimiúla amach. Dealraíonn sé, leis, go raibh sé a d'iarraidh a dhúmhál féin a dhéanamh ar Juventus anuas ar an ndúmhál a bhí á dhéanamh orthu cheana. Tá scéal ag gabháil timpeall i dtaobh cómhráití a bhí taifeadta ar théip aige a caithfear a shoiléiriú.

"Pé scéal é nuair a bhí an craobhchluiche fachta aige do Nua-Eabhrac ní raibh fágtha le déanamh ag Lopresti ach ceist na dtithe ósta a shocrú. Dhein a chompánaigh scanradh a bhualadh isteach i gcroí na bpeileadóirí in óstán 'Bonasera' agus mheas Juventus go n-oirfeadh sé dóibh, díreach mar a theastaigh ó Lopresti, a dtigh ósta a athrú. Cá raghaidís? Ní raibh aon rud níos loighiciúla ná go n-aistreoidís go dtí an tigh ósta a mhol an t-*impresario* dóibh. Eisean go raibh gach dealramh ar an scéal ná raibh aon rud uaidh ach a bheith deimhin de shábháilteacht is de shocracht na fóirne. Dá bhrí sin d'aistríodar go dtí an tigh ósta ina bhfuilimíd anois. Roghnaíodar tigh ósta 'Cannizzaro' mar bhí an turas réasúnta fada, rud a dhéanfadh níos éasca dóibh é an fhoireann a fhuadach agus b'fhéidir, leis, mar go raibh socraithe déanta acu roim ré i dtaobh fearais spiadóireachta teileafóin a bheith curtha isteach, ca bhfios d'éinne cad é 'n áit, agus b'fhéidir fiú go raibh cuid den fhoireann ag cómhoibriú leo.

"Níl aon dabht ann ná go raibh ana-chuid seansanna ann chun airgead a dhéanamh agus ní raibh a cháirde i g*Cosa Nostra* chun scaoileadh leo san. Chun an t-airgead éirice a fháil bhíodar chun eitleán a chur ar fáil do agus gan amhras déanfaí í sin a scrios, agus bhí ana-chuid airgid caite ag Lopresti cheana féin ar phoiblíocht agus ar na fearais i Yankee Stadium. Bhí oiread san caite aige ná féadfadh sé in aon chor é d'fháil thar n-ais ó airgead an gheata, ach, dá dtéadh rudaí mar a bhí beartaithe aige, más cuimhin leat, bhí sé ráite aige leat go raibh coinníoll curtha isteach aige i gconradh le cumann árachais agus dá bhrí sin gan aon amhras go bhfaigheadh sé an t-airgead san go léir thar n-ais. I bhfoclaibh eile dob í seo an choir ba mhó sa chéad so agus an cluiche ba mhó sa chéad."

Níor bhraith Boniperti tuirse air a thuilleadh. Bhí sé fé dhraíocht ag a raibh le rá ag Ó Treasaigh agus bhí sé á thaibhreamh go raibh sé ag maireachtaint i scéal bleachtaireachta.

"Agus ansan?" ar seisean.

"Agus tá an chuid eile fuirist. Chuir Lopresti ceann dá bhusanna beaga ar fáil. Deineadh Juventus a fhuadach ar an mbóthar mór le clóraform agus le cúnamh an veain iompair ach is seana-scéal é sin. Cuireadh i bhfolach iad in áit thar barr, i loing a bhí as feidhm. Cé chuimhneodh ar na peileadóirí a lorg ina leithéid de sheana-loing mheirgigh. Ar ámharaí an tsaoil tháinig an *Rosina B*, fén gCaptaen Schiappacasse agus lonnaigh sí díreach taobh léi. Ansan bhí an glaoch teileafóin clúiteach ann faid a bhíos-sa ag cuardach oifige Lopresti. B'shin é a thug an smaoineamh ceart dom. Bí deimhin de gurbh é *Herr* Hoffmann, fear Asunción, a dhein an glaoch úd. Ach b'é stailc na dtugadóirí, má smaoinímíd i gceart air, a dhein an scéal a chasadh inár bhfabhar-na agus tá an buíochas ar son an chuid eile den scéal ag dul do cheann cruaidh an Chaptaein Schiappacasse."

"Agus do chrógacht Furino agus na mbuachaillí eile go léir ar an bhfoireann," arsa Boniperti agus é ag cur leis.

"Dar ndóigh," arsa Ó Treasaigh agus é ag aontú leis, "agus sin cúis mhaith eile gur chóir dóibh dul amach ar an bpáirc amáireach agus cluiche curadh a imirt. Agus amáireach, i measc na ndaoine go léir a bheidh ag féachaint orthu sa Yankee Stadium, beidh, chomh maith, mar chómhartha ómóis dóibh, Tadhg Ó Treasaigh."

16. An Cluiche

Bhí an craobhchluiche idir Juventus agus Atletico do Chorn an Domhain díreach críochnaithe. Bhí an slua ag imeacht as a meabhair agus bhí Boniperti ag dul i dtreo an tseastáin onóra chun glacadh leis an gcorn luachmhar criostail. Dob é Lindsay, Méara Nua-Eabhrac, a bheadh á bhronnadh air agus bhí sé ansúd go deimhin. Fear ana- árd, fionn, uasaicmeach a bhí ann, é cosúil le haisteoir de chuid Hollywood i mbarr a mhaitheasa. Bhí an corn aige ina láimh agus é á shíneadh amach aige. Chuaigh Boniperti ina threo agus chuir amach a lámh chun glacadh leis ach tharraing Lindsay siar é. Baineadh siar as Boniperti agus tharraing sé siar a lámh fhéin. Ansan shín Lindsay an corn amach arís, ach tharraing sé siar arís eile é. Thárla sé sin dhá uair nó trí gan míniú dá laghad.

Ar deireadh, d'éirigh Boniperti mí-fhoighneach agus sciob sé an corn as a láimh. Dhein Lindsay iarracht ar é a sciobadh thar n-ais. Theip ar an mbeirt acu greim a choimeád ar an gcorn. D'fhan an corn ar feadh neomait amháin ina sheasamh idir talamh is spéir, mheasfá, ansan thit síos gur deineadh smidiríní de. Dhein sé gleo mór agus é ag briseadh.

Dhúisigh Boniperti as a shuan de gheit. Dob é tuirse na laethanta beaga déanacha so agus an crá croí a bhain leo agus na hoícheanta fada gan suan fé ndeara dho bheith ag titim a chodladh ansan sa tseomra beag taobh leis an seomra gléasta sular thosnaigh an cluiche in aon chor fiú.

D'fhéach Boniperti go héadmhar ar na buachaillí. Bhí seisean leis, tamall fada ó shin, díreach mar iad san. Bhí sé ina inneal groí matán, é beag beann ar bhuillí agus ar thuirse. Ba chuimhin leis go hobann na tréimhsí le foireann Parola, ansan le foireann John Hansen, ansan na cluichí fé éide ghorm agus é ag imirt ar son na hIodáile. A Thiarna Dia, nach mear mar a imíonn an t-am. "Féach anois orm is mé ag titim im' chodladh a luaithe agus a leagaim mo thón ar an gcathaoir uilleann, mar a bheadh seanduine ar a phinsean..."

"Mallacht air, seo chughainn iriseoirí." N'fheadair éinne conas a éirigh leo teacht isteach sa tseomra gléasta, mar bhí gach slí isteach coiscithe go tréan. Réitigh Boniperti é féin chun seasamh i gcoinnibh ionsaithe.

"Cómhgháirdeachas leat," arsa seana-iriseoir ón *New York Times*, an té dob aithnidiúla agus ba mhó cáil ar chósta uile na hAtlantaice. "Níor éirigh fiú leis an iriseoir is fearr againn a thomhas cad é an tigh ósta inar chuiris an fhoireann i bhfolach na laethanta so."

"Ó, ní raibh sé i bhfad ón áit seo," arsa Boniperti. "Foirgneamh ar leithligh ar an muir. Cuibheasach ciúin, ach déarfainn go raibh sé beagáinín te."

Ansan tháinig isteach Campos-Ortega, Uachtarán Atletico de Asunción.

"Á, a Choirnéil, a chara," arsa Boniperti agus gáire ar a aghaidh.

"Is ginearál mé. Fuaireas árdú céime, a bhí tuillte agam, de bharr an chluiche sin in Asunción. Ba mhaith liom labhairt leat mar gheall ar cad a tharlóidh i ndiaidh an ..."

"I ndiaidh..?"

"Gan amhras! Agus má thárlaíonn sé go mbíonn na fóirne seo againn-ne ar cómhscór arís níl aon rud sna rialacha, mar is eol duit, a thugann cead am breise a imirt."

"Éist liomsa," arsa Boniperti, "anois díreach ba cheart don bheirt againn a bheith ag smaoineamh ar an gcluiche, ansan chífimíd."

Ghaibh an réiteoir, an tOllannach, Poppemans, síos an pasáiste agus é ag séideadh na feadóige. Bhí an t-am tagaithe, bhí orthu dul amach. Ghlaoigh Vycpalek ar a chuid fear agus chuireadar iad féin ina líne taobh le muintir Pharagua a bhí buí agus dearg. Isteach leo ar an bpáirc faid a bhí an córas méadaithe ag fógairt na bhfóirne mar leanas. Juventus di Torino (Italia): Zoff; Spinosi, Marchetti; Furino, Morini, Salvadore; Altafini, Causio, Anastasi; Capello, Bettega. Atletico de Asunción (Paragua): Ibarri; Mendoza, Schnippers; Amelo, Vernazza, Burgos; Churro, Arreti, Cocina; Angeloni, Fuentes. Na fóirne céanna a bhí ann cheana ach go raibh Burgos ins na leathchúil i lár baill san áit ina mbíodh an cosantóir Mancho. Ba léir go raibh Atletico chun iad a ionsaí ó bhonn.

B'iongantach ar fad an radharc é an Yankee Stadium agus ba scanrúil. Ní raibh sé chomh hárd ar fad leis an gceann i San Siro ná chomh mór ar fad leis a gceann i Maracañã, ach bhí Lopresti, nó pé duine a bhí tar éis an t-airgead a thabhairt, tar éis rud spleodrach a dhéanamh de. Thuas in áirde, ós cómhair an tseastáin onóra, bhí clár ollmhór leictreonach. In aice le gach báire bhí an gléasra ba nua-aimsearthaí. Lastuas bhí ceamaraí leictreonacha a fhéadfadh gach uile chuid den chluiche a chur ar scannán – dá dtéadh an liathróid isteach i líon an chúil, nó dá dtéadh sí amach thar an dtaobhlíne nó aon ní dá leithéid sin.

An mó duine a bhí i láthair? De réir na staitisticí bhí 90 míle duine ann, ag dul de réir an méid ticéadaí a díoladh. Ach is é is dóichí go raibh 100 míle ann mar an lá dár gcionn fuarathas amach go raibh meall mór ticéadaí bréige ann. Níl aon amhras ann ná gurbh shin é an slua ba mhó daoine dá raibh i láthair riamh ag cluiche peile sacair i Meiriceá Thuaidh. Chomh fada is a bhain leis an ngné sin den ullmhúchán de, bhí a chuid oibre déanta go maith ag Lopresti. Timpeall na háite go léir, lasmuigh des na línte bána, bhí na *majorettes* ag pransáil. Sciortaí giortacha taibhseacha orthu, a gcosa le gaoith, iad ag bualadh drumaí is ag glaoch amach go hárd is go rithimeach. Dhealródh sé gur cuid é sin de gach cluiche mór sna Stáit Aontaithe agus nach féidir déanamh gan é. Bhí an banna ceoil, agus gach duine acu ar muin capaill, ag dul timpeall an imill agus iad ag seinnt 'The Star-Spangled Banner'. Ar na léibhinn, i gcoinnibh na sconsaí bhí na straoilleáin mhóra so crochta agus 'The Fight of the 20th Century' scríte orthu. Chuir an méid sin i gcuimhne do Bhoniperti, dá mbeadh rudaí tar éis dul go holc, go mbeadh balún aeir agus 100 milliún *dollar* ann um an dtaca san ina lámha ag na bithiúnaigh.

An rud ab iongantaí ar fad ná na brait láimhe. Níl aon dabht in aon chor ann ná gurbh eagraí thar barr é Lopresti. Bhí 60 míle des na brait láimhe sin ann agus bhíodar go léir agus stríocaí dubh is bán ar thaobh amháin díobh agus glas, bán is dearg na hIodáile ar an dtaobh eile. Bhí 60,000 Iodálach ansan i Nua-Eabhrac á gcroitheadh súd. Bhíodar tagaithe ó gach uile chuid den tír, amhail is dá mbeidís ag teacht go féile mhór agus bhí na brait á nascadh arís lena seana-thír dhúchais a bhí geall leis dearmhadta acu. Chroitheadar na brait agus iad ag liúirigh "Juventus! *Forza* Juventus!!! Juventus abú!!!" agus ag smaoineamh "*Italia! Viva l'Italia!!!*"

Faid a bhí Boniperti ag déanamh ar a áit ar an seastán onóra ba chuimhin leis focail an eagraí: "Beidh sibh ag imirt sa bhaile. Beidh sibh i measc bhur muintire féin." Féach conas mar a bhí gach rud eagraithe chomh maith san aige. Féach cad é an gaiste foirfe a bhí curtha i bhfearas aige! Ach b'shin seana-scéal anois. I láthair na huaire ba ghá díriú ar an gcluiche. Bhí sé á fhiafraí de fhéin an mó *fan* a bhí tagaithe ar eitleáin ón Iodáil agus, idir an dá linn, ghlac sé a ionad ar an seastán taobh leis an gCaptaen Schiappacasse agus a bhuíon. Iad go léir ina líne, go hálainn agus go snasta don ócáid, agus a mbrait ina ndorn acu. Bhí Burlando ann ina measc, an dara duine den bhuín, eisean a bhí tar éis a rá é fhéin go raibh sé ina *fan* ag Sampdoria agus acu san amháin. Bhí Ó Treasaigh ann chomh maith agus nuair a chonaic sé Boniperti dhein sé cómhartha leis lena láimh dheis, an órdóg is méar an eolais le chéile ina gciorcal aige, chun a rá, "*O.K.!*"

An chéad chic agus bhí sé ar siúl! Bhí cluiche an chéid tosnaithe!

Tá an cluiche ina chuid den stair anois. Ní raibh aon chluiche riamh ann ar deineadh níos mó cur agus cúitimh mar gheall air. Sna scoileanna oiliúna úsáidtear é mar eiseamláir staidéir ach más mian linn bheith cruinn ina thaobh ba lú de chluiche é ná de throid go bás. Má bhí na hIodálaigh tuirseach, go deimhin féin ní raibh sé sin le feiscint orthu. B'fhéidir go raibh na Paraguaigh agus an teas ag cur as dóibh ach ní fhéadfadh éinne é sin a thomhas. Ní fir a bhí iontu in aon chor, an bheirt is fiche sin, diabhail bhuile a bhí iontu.

Bhuail Anastasi an barra treasna sa chúigiú neomat is triocha le hurchar de chic lasmuigh den limistéir pionóis agus d'fhreagair Cocina geall leis láithreach le cic glórach dochreidte ó thrí méadair amach sa daicheadú neomat faid a bhí Zoff fós ar an dtalamh tar éis do buille de dhorn d'fháil. Is ansan díreach a thit dosaen den lucht féachana i laige. Ní thug na hoifigigh garchabhrach fé ndeara iad fiú amháin, bhí an cluiche chomh sceitimíneach san.

Tháinig leath-am ansan agus bhíodar a 0-0. Agus iad ina seomra gléasta chuala an fhoireann dubh is bán ón áit taobh leo búirthíol an Ghinearáil Campos-Ortega agus é ar buile lena chuid fear.

"Níl ionaibh ach paca caorach. Caithfidh sibh léimt in áirde orthu. Ná tuigeann sibh go bhfuil an cluiche in bhur ndorn agaibh!"

B'fhéidir gur bh'shin é an stíl mhíleata go raibh taithí ag na buachaillí buí is dearg air, ach níor thréig a shocracht Vycpalek.

"A bhuachaillí, coinníg' oraibh go teann! Leigig' dóibh teacht ar aghaidh agus ansan sciorraig' oraibh chun tosaigh mar a bheadh éiníní ag eitilt..."

An dara leath. 45 neomataí eile de throid. San ochtú neomat déag den dara leath a tháinig an cúl ó Anastasi. Bhí sé go hiongantach, thar barr, agus i ndeireadh gluaiseachta ana-fhada a bhí foirfe i ngach uile phioc de, mar a bheadh obair ealaíne déanta. Chuir Zoff lena dhorn é go Salvadore. Chuir seisean lena cheann é go dtí Furino, a bhí i mbun luíocháin ar clé. D'imigh Furino leis ar nós roicéid, a cheann idir na guaille aige agus a chosa ag imeacht mar a bheadh muilleann ann, agus i lár na páirce bhuail sé le Causio agus ansan bhí an liathróid aige arís. Léim sé thar Burgos, ghaibh sé timpeall Schnippers, ansan chuir sé isteach i lár baill í ar leath-aoirde. Le lán a luais chuir Bettega ar aghaidh í go hAnastasi a bhí ag teacht ar aghaidh mar a bheadh traen luais ann agus raid Anastasi ar aghaidh í le cic scanrúil ón dtaobh chlé. Ní fhaca éinne an liathróid go dtí go raibh sí thiar i líon Ibarri a bhí sínte tar éis do iarracht chaoch a dhéanamh ar an liathróid a stad. CÚL!!!

Chonacthas iriseoirí do-bhogtha Meiriceánacha a raibh seana-thaithí acu ar na babhtaí dornála ab fhearr ar domhan agus iad go sceitimíneach i dtaobh an chluiche peile seo agus iad ag caitheamh a gcaipíní in áirde le glionndar, ag cogaint a dtoitíní agus ag liúirigh mar a bheadh lucht buile ann. Cic a bhí ann ó Anastasi, a dúirt an *New York Times*, ar an gcéad leathanach dá n-eagrán speisialta, i litreacha a bhí 10 cm ar aoirde, a bhí '*murderous*', marfach.

Ón neomat san amach d'iompaigh Atletico amach ina hairicín. Fiche neomat d'ifreann a bhí ann agus cumas cosanta Juventus a d'iarraidh cur ina gcoinnibh. Gach éinne ins na trínsí, fiú amháin Altafini, bhí sé mar bhacainn thiar in aice an chúil. An bhféadfadh Juventus cur ina gcoinnibh? B'fhéidir é, dá dtiocfadh an t-ádh i gcabhair orthu. Ach níor éirigh leo cur ina gcoinnibh, mar ní mar sin a bhí i gceist ag an gcinniúint.

Cúl buile ach a bhí de réir na rialacha! Is mar seo a thárla. Chuaigh Churro, a bhí thar barr ar an gcliathán deas, ar aghaidh ina aonar. Chuaigh sé isteach sa limistéir agus tharraing sé amach Zoff agus d'éirigh leis siúd dorn amach a thabhairt don liathróid ar leath-aoirde. Bhuail sí Spinosi, ansan chuaigh sí go dtí Fuentes agus thug Cocina cic di ó fhiche méadar amach a chuir isteach sa chúl í ón gclé. Ach bhí Churro tar éis fanúint in aice leis an mbáire agus dá bhrí sin bhí sé lasmuigh den chluiche san áit a raibh sé. Chuir an réiteoir an cúl ar ceal. Ansan cheadaigh sé é. Ansan dhein sé cómhartha go gcaithfí fanúint le breith an scannáin leictrigh a bhí suite in aice leis an gcúl. Lean an cluiche ar aghaidh ar feadh na neomataí beaga a bhí fágtha ach um an dtaca san bhí gach éinne traochta. Shroiseadar críoch, ach críoch neamhchinnte a bhí ann agus láithreach bonn d'fhógair an córas méadaithe an toradh. De réir na bpictiúirí ní raibh Churro lasmuigh den chluiche. Nuair a bhuail Cocina an liathróid bhí Churro coiscéim ó Zoff ach is ar an dtaobh thall de líne an chúil a bhí sé. Dá bhrí sin chríochnaigh an cluiche díreach mar a thárla i dTorino agus in Asunción agus an dá thaobh ar cómhscór.

Tháinig tuirse mharfach gan choinne orthu go léir. Bhí an fhoireann dubh is bán ina seomra gléasta agus iad sínte ar na bínsí agus ina suí ar an urlár, gan iad ábalta labhairt, agus ní dúirt Vycpalek ach:

"Dá n-imrímís 40 cluiche bheadh an toradh céanna ar gach ceann acu."

Bhí Boniperti ar tí rud éigin a rá nuair a tháinig giolla chun a chur in iúil do go raibh glaoch teileafóin tar éis teacht. Cé fhéadfadh a bheith ann? Thóg sé an glacadóir ina láimh agus cuma bhuartha air.

"Sea. Cé tá ann?"

"*Chotto matte, kundasai...*," agus ansan: "Seo Toiceó ag labhairt. Chualamar toradh an chluiche. Chríochnaigh sé cothrom arís. Táimídne sásta an craobhchluiche *super-super* a chur ar siúl. 200 míle duine, míle milliún in airgead geallta don fhoireann san agaibhse gan teip..."

Ní raibh Boniperti ábalta freagra a thabhairt ach i gcogar.

"Go raibh míle maith agat, go raibh míle maith agat, is deas uait é sin ach is amhlaidh, an dtuigeann tú, atá ár ndóthain cluichí imeartha againn..." agus chuir sé síos an glacadóir. Rith sé thar n-ais go dtí an seomra gléasta agus é sona arís. "A bhuachaillí, ní bheidh aon athimirt ann; tá bhur ndóthain déanta agaibh agus téig' go léir abhaile. Buafaimíd Corn an Domhain an chéad uair eile. Téimís ar saoire."

Agus tháinig liú díograiseach mar fhreagra air sin chuige.

Críoch